魔豆

魔豆

神使繪卷

The Story of GOD's Agents 04

目錄

神使繪卷

【人物介紹】

楊百罌

繁星大學中文系一年級。
身為班代，個性高傲、自尊心強，
同時責任心也重；常被認為不好相處。
現為楊家狩妖士當家家主。
想要成為神使，與宮一刻站在同樣位置並肩作戰！

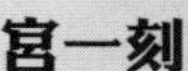

宮一刻

繁星大學中文系一年級，暱稱小白。
在系上作風低調、不常發言，總是獨來獨往。
常使用通訊軟體或手機，與另一端不知名人士聯絡……
具有半神的身分，因緣際會下，
成為了曲九江的神！

柯維安

繁星大學中文系一年級。
娃娃臉，總是揹著一個大背包。
雖然腦筋動得快，但缺乏體力，
以喜愛不可思議事件及都市傳說聞名。
身為神使，大型毛筆是他的武器，
而他許下的願望，竟連妖怪都難以啓齒！

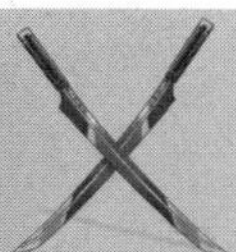

曲九江

繁星大學中文系一年級。
半妖，人類與妖怪的混血　，
對周遭事物都不放在心上的型男。
「山神事件」過後，成為宮一刻的神使。
出乎意料喜歡某種飲料！

珊琳

綠髮、深棕色眼睛的小女娃，
擁有操縱植物的能力。
真實身分是山精，楊家的下一任山神。

秋冬語

繁星大學中文系一年級，系上公認的病美人。
外表纖弱，總是面無表情，也鮮少開口說話。
種族不明，隸屬神使公會的一員。
出任務時會戴著狐狸面具並穿著一襲斗篷，
但斗篷下卻是魔法少女夢夢露的裝扮；
武器是洋傘。

安萬里

繁星大學文學研究同好會的社長，
同時也是神使公會的副會長，屬軍師型人物。
文質彬彬，總是笑臉迎人，但其實……
鉛字中毒者，身上總會帶著一本書，
有時會引用名著裡的句子。
妖怪「守鑰」一族。

胡十炎

神使公會的會長，六尾妖狐一枚。
雖然是小男孩的模樣，但卻已有六百多歲。
常頂著張天真無邪的天使面孔，說出宛如
惡魔降臨的恐怖台詞……
對魔法少女夢夢露的愛，無人可比！

楔子

人生就是充滿意外，宮一刻覺得這句話眞是他媽的貼切他現在的情況！

原本他們只是應了張亞紫的要求，那名身爲他們社團顧問的女子，命令他們調查連鎖信與天使蛋和字鬼的出現，這三者之間究竟有何關聯。

接著他們卻一步步發現到，擁有天使蛋的人會發生意外。而當他們依照網路上的傳聞，在半夜十二點喃唸咒語，結果從天使蛋裡竄出的詭異黑氣，帶領他們來到了東城公園。

在那裡，不但有受到操控而來的人群，並且導致字鬼現身，之後更碰上了張亞紫和兩名本就是一刻舊識的神使——蔚商白、蔚可可。

原來張亞紫暗中策劃讓兩方人馬行動，就是爲了見識這批年輕神使的力量。而她的身分更是令人意外，她竟是神使公會的一分子，柯維安的師父，更是來自天界的神祇……

文昌帝君！

第一章

「妳究竟想跟我說什麼事？」一刻一被帶出公園廣場，也不管張亞紫的眞正身分是文昌帝君，劈頭一句話就是這麼不客氣地甩出，「有話快說，有屁快放！」

不能怪這名白髮男孩的口氣差、脾氣壞，無端被人耍弄一記，任誰都不會有好臉色的。

「嘖嘖，對你母親的好朋友難道不能再禮貌一點嗎？」張亞紫挑高姣好的眉毛，卻也不像被一刻的態度激怒，而是好整以暇地雙手扠腰，站姿大剌剌的，但比起粗魯，更給人豪爽的印象。

「我媽？見鬼了，我媽早在我小學的時候……！」一刻倏地煞住話，他皺起眉，瞪著張亞紫的表情像是在說「操，不是吧」。

「……織女？」

「幸好你還沒痴呆，我眞擔心維安小子在你身邊待久了，會降低你的智力。」張亞紫一派欣慰地微笑。

一刻可不感到任何安慰，張亞紫這話聽起來更像是在損他或柯維安，或者兩個一起損。

「我和織女是好友，她和牛郎又去度蜜月了，對吧？」張亞紫注意到一刻吃驚的眼神，不以爲意地揮揮手，「收集資訊和情報是我擅長的事。不過織女、牛郎的蜜月，這從他們成親以來就已經發展成一項慣例了。她不在天界、不在自己孩子的身邊，那鐵定又是去度蜜月了。事實上，你來繁星大學唸書的時候，織女就私下拜託我，要我幫忙多關照一下。可惜你之前太安分了，連點麻煩也不惹，否則我就能出手了。」

「我沒事幹嘛要他媽的自找麻煩？」一刻黑了臉，逐漸發現到面前的馬尾女子根本就是一名好戰分子，和「文昌帝君」這個應該溫文儒雅形象的神名不同，那份不自覺中散發出來的威獰氣勢，更是令人想到侵略性的肉食猛獸，「所以……她眞的私下拜託過妳？我是說，織女那小鬼……」

「是的。」張亞紫看見一刻別過臉，像有些彆扭，臉上的神情也轉爲溫和，如同長輩在看著晚輩，「你可是她和牛郎重要的寶貝孩子，她還說這份人情會用一百個布丁來還，布丁當然是由你負責買。」

「幹！」一刻心中的感動立時消失得無影無蹤，「這干老子屁事啊！」

「你們母子間的事之後自己去解決吧，不過我對布丁沒興趣，記得幫我改成酒就好。」張亞紫懶洋洋地說，「或者書，我也喜歡書。但是對蒼井索娜的寫眞集是一點興趣也沒有，管她露幾點，那個人類小丫頭有的東西我自己又不是沒有，我可是受夠安萬里的推銷了。」

一刻沉默，沒想到安萬里居然還向神推薦A書……這神使公會他媽的是不能再正常點嗎？

隨後一刻又想到，不光是胡十炎暗中耍了他們一記，就連安萬里也沒說出張亞紫的真實身分……好吧，他的確有說張亞紫「不是妖怪」，也沒有直接否定張亞紫不是人。

一刻揉揉額頭，吐出一口氣，覺得疲累感莫名增加。

「行了，我要告訴你的就這些。」張亞紫微抬下巴，「如果你有問題想問，我知道你有。宮一刻，沒人說過你的表情很好懂嗎？你可以問我三個問題，我不至於像胡十炎那隻狐狸小氣巴啦的。」

「妳剛才是從柯維安的身上取回神力對吧？」既然張亞紫都這麼說了，一刻也不客氣，他的某些問題可是憋得夠久了。「妳的力量不夠？神使公會只有妳一位神？胡十炎和安萬里口中的『唯一』是指誰？它和那些異變的瘴有什麼關係？」

「這樣可是超出限額了，小子，我只會回答三個。」張亞紫伸出食指，「第一，我要取回維安小子身上的神力，是力量不夠，也不是力量不夠。我的本尊還待在公會裡，這具軀殼只是分身，分配到的力量只有一點。幸好那兩位蠢蛋神使沒真的自相殘殺成功，否則我就得犧牲這具身體才有辦法阻止了。」

身爲兩位蠢蛋神使的神以及朋友，一刻瞬間不免要覺得慚愧。

「第二，」張亞紫再伸出中指，「神使公會只有我一名神而已。我是公會的顧問，也是情報部的領導者，還是維安的監護人。」

一刻沒有問柯維安的家人在哪，那些事不需要多加探究。

「第三，也是最後一個問題。」張亞紫繼續伸出無名指，「『唯一』是指某個大妖怪。據我所知，『它』還在沉睡，但是詳細的情況該由胡十炎和安萬里來告訴你們。提問時間結束，你們幾個小鬼可以從後面滾出來了。」

那道低沉沙啞的話聲甫一砸下，另一端的矮樹叢後頓時發出沙沙的聲響，然後一個人、兩個人走了出來。

一刻翻下白眼，他就知道柯維安和蔚可可這兩人根本不可能忍得……

一刻思緒倏然一頓，他錯愕地瞪著從矮樹叢後現身的兩人。一人如他猜想，就是柯維安，那名娃娃臉男孩撓頭傻笑，但臉上可沒半點心虛的意思。至於另一人……竟然出人意表地是楊百罌！

一刻和那名褐髮女孩有交集也是最近的事，可他也知道對方在系上的作風就是一板一眼、嚴格行事……這麼說和蔚商白還真有點像……總之，楊百罌完全不像是會對偷聽和偷看感興趣的人才對。

「我……」似乎是察覺到一刻訝異的視線，楊百罌艷麗的臉蛋上掠過一瞬困窘的神情，也有絲慌亂，可是很快又板起臉，回復以往的傲然。「我只是要來提醒，廣場上的那些人已經處理得差不多了。你不要誤會，那種莫名其妙的臆測只會令人困擾。」

「……不，老子什麼也沒說吧？」一刻耙抓下白髮，對楊百罌的口氣也越來越習慣。對方的話有時候聽起來不順耳，但他知道那沒有惡意。他轉頭銳利地掃向柯維安，沒留意到楊百罌一閃而逝、巴不得咬掉自己舌頭的懊惱神色，「柯維安，你該不會要告訴我，你也不是來這偷窺兼偷聽的？」

「哈哈哈哈，我當然──」柯維安抬頭挺胸，正氣凜然地說，「不會否認的！畢竟身爲小白你的正宮，當然要關心你、愛護你、照顧……」

望見一刻正大步走向自己，柯維安不由得停下話，心臟越跳越快。啊啊，這種心跳加速的感覺如此熟悉，就像是……

「顧你去死吧。」一刻皮笑肉不笑地扯開冷酷的弧度，順帶一腳不客氣踹上將偷窺、偷聽說得理直氣壯的室友B，再頭也不回地走回公園廣場。

柯維安抱肚蹲下，終於能把內心話說完……就像是被蛇盯上的青蛙一樣，生死一瞬間啊！

見一刻往回走，楊百罌也急忙跟上。

「乖徒弟，快起來吧，否則爲師就要從你身上踩過了。」張亞紫來到倒地的柯維安身邊，用鞋尖踢踢，鳳眼居高臨下地俯望，唇角勾揚，但看起來一點也不像在開玩笑。

「被師父妳踩，我可不覺得開心。能踩我的就只有小正太、小蘿莉，啊，還有小白。」柯維安揉著肚子爬起來，可不希望自己的肚子多出一枚鞋印，萬一被那麼尖細的鞋跟踩出洞還得了。

「你的發言眞是越來越變態了，維安小子。」張亞紫感嘆，忽地將五指探進自己的心窩裡。那明明就是血肉之軀，然而五根手指是眞的沒入到體內，宛如穿過薄薄的水面。

然後，張亞紫從自己體內掏出一顆光球。

同時間，她的髮絲長度銳減，身上的衣物也回到原本的褲裝打扮。她對著掌心輕吹一口氣，那顆光球就像擁有靈性般飛進柯維安的體內。

肖似第三隻眼的金色神紋閃現在柯維安的額頭上，神力又重新回歸了。

「走吧，去把剩下的事辦完！」張亞紫邁開大步。

柯維安摸摸自己的額間，緊接著也三步併作兩步地跑向公園廣場空地。他和楊百罌那時就這麼將曲九江、蔚商白獨自留在那，應該不會再打起來……應該吧。

抱持著些許忐忑的心情，柯維安一回到廣場，就看見地板沒裂、路燈也沒倒，曲九江還是那副置身事外的態度待在原處，蔚商白則是在和一刻說著什麼。

柯維安鬆口氣，可下一秒就發覺不見蔚可可和秋冬語的身影。他知道她們去幫大夥買飲料了，問題是……

「小可和小語都還沒回來嗎？」柯維安詫異地問出口，「我覺得好像過一段時間了耶。」

「我和蔚商白就是在講這個。」一刻眉頭皺得死緊，他心裡清楚那兩人比起一般女孩子不知強上多少，可是買個飲料怎會花上那麼久的時間。

「她們去超過十五分鐘了。」楊百罌抬起腕上的手錶，她還記得那兩人離開的時間。

「十五分鐘？我記得沒錯的話，離公園最近的販賣機也不用五分鐘路程……小白！」柯維安驀地臉色一變，大力轉頭看向一刻。他眼中倒映出對方鐵青的表情，他明白他們一定是想到同一件事上了。

這區域可是被神使的結界圍著，蔚可可是神使，秋冬語不是尋常人類，倘若有什麼事讓她倆遲遲未歸，那就只剩一個可能……她們遇到危險了！

「蔚商白，立刻打電話給蔚可可。」一刻語氣緊繃，眉宇間有著顯而易見的焦灼。

「她今天沒帶手機，我出門前看到它在桌上。」蔚商白沉聲說，看似冷靜，但收緊的臉部線條仍是洩露一絲情緒。

「秋冬語的手機呢？」楊百罌也說。

「不行，小語手機關機了！」柯維安抓著自己的手機，滿臉緊張，顯然他已嘗試撥打。

「還傻在這做什麼？擔心的話就趕緊去找！」張亞紫是全場最爲鎮靜的人，她厲喝一聲，「維安，你知道在哪裡吧？帶路！」

「沒問題，我對這熟悉得很，我們快走！」柯維安一馬當先地朝出口處奔去。

出乎意料地，就連曲九江也起身跟上了。

就如同柯維安所說，自動販賣機的確就在不遠的地方。雖然位置上不易發覺，但也不可能要花上十五分鐘以上才找得到。

「在那邊！」當販賣機一進入眼裡，柯維安馬上指著前方大喊，接著他又感覺到自己腳下似乎踢到什麼，他停下腳步，「咦？」

「怎麼了？」一刻強忍著因爲見不到其他人影而想要咒罵的衝動，一邊分心問著。

蹲在地上的柯維安沒有說話。

「柯維安？」

「不管你發現什麼，現在可不是呆住的時候，維安小子。」張亞紫張開手，掌心處突地閃耀光芒。金色的光團頓時驅散販賣機附近的陰暗，提供了足夠的光亮，也讓人得以看清柯維安手上抓著的東西。

那是一個錢包。

楊百罌瞳孔微地縮起，她對這錢包的圖案有印象。事實上，就在十五分鐘前她才看過。

那是……

「是我的錢包。」蔚商白打破沉默，一把將之取走。他的語調堅冷，乍聽之下和往常沒有什麼不同，可是只要一看見他的眼，就會被那份冰冷的強烈憤怒震懾住。

蔚商白猛地收住手指。就算蔚可可天兵又無厘頭，有時又惹人生氣，但誰都不允許傷害他的妹妹！

「你的？」一刻臉色煞時鐵青。現場沒有看見蔚可可和秋冬語的身影，卻遺留了錢包在地上，四周也沒看到打鬥掙扎的痕跡，這表示她們被人帶走了，而且是在無法反抗的情況下，「該死的，誰有辦法帶走她們？這地方明明還圍著結界吧！」

「結界沒有損壞，一般人類絕對不可能闖入。」蔚商白很肯定這點，這裡的結界是他和蔚可可架起的。而剛說完這句，他的眼眸瞬即閃過剎那的驚異，他注意到自己的話語不啻是點出了另一個事實。

一般人類不可能闖入，換句話說……

「妖怪？」楊百罌喃喃地接下話，「但是字鬼……字鬼不是已經被我們消滅了嗎？我們在公園裡也沒察覺到其他明顯的妖氣。」

「明顯的妖氣是沒有，不過這裡，微弱的妖氣倒是殘留下來了。」曲九江忽然淡淡地說。他蹲下身，從地面拾起一片枯葉，銀眸冷漠，「別想問我能不能分辨這是哪類妖怪的氣息，小白，這種事我可做不到。」

一刻差點就想這麼問，他攢緊拳頭，感覺心中憂慮更甚，但天殺的他卻不知該怎麼辦！

手機無法打通，也沒有留下更多線索……在這種情況下，想要找到平空失蹤的兩人，無疑是大海撈針。

「要怎麼找……該怎樣才能找到她們兩人！」一刻握拳砸上了一旁的自動販賣機，那猛然炸開的聲響，在深夜中顯得異常響亮，「該死的！」

「我沒辦法找到蔚可可和秋冬語，但是──」張亞紫無預警地說，而她最後的兩個字，則讓眾人感到一絲曙光出現。

「但是什麼？」蔚商白嚴厲逼問，這時已經不在乎對上位者的禮節了。

「但是你們幾個全閃到旁邊去，不要站在我的前面或後面。我可以找出關於那兩名女孩消失前的線索、情報……隨便你們怎麼說都行。現在，就保祐這條路的資訊量不要太大。」張亞紫瞇起鳳眼，眸光犀利。當她身周似乎有圈金光閃過之際，她也迅速屈膝蹲下身子，右手手掌貼地。

剎那間，奇異的事發生了。

張亞紫的髮絲轉眼增長，黑金相間的頭髮宛若絲線延展，四面八方地向周遭探出，簡直像麻密蛛網。

「訊息讀取、刪除，不必要的再刪除。」張亞紫的雙眼直視前方，又像是什麼也沒看入，她眼中有無數細微得不可思議的光點快速閃掠。

一刻等人屏著氣，覺得那就像電腦螢幕跑過大量的訊息。

張亞紫每一根延伸出去的髮絲末端都在發光，下一瞬間，她的眼眸閉上，所有髮絲霍然收回。等她再站起，已和尋常人無異。

方才那幕，如同幻夢一場。

「男人、電擊棒、變回枯葉的天使蛋。還有一個名字，齊翔宇。」那名高挑的馬尾女子說，「你們有誰聽過？」

「齊翔宇!?」柯維安首先失聲喊了出來，他根本沒想過這名字會在這時候出現，「爲什麼會是他？」

「他是誰？」不約而同問出話的人是蔚商白和一刻，兩人神情格外陰狠。他們可不認爲出現在張亞紫話中的「電擊棒」三字，不具備任何特殊含義。

「他是經濟一的同學，和我們系上的白曉湘很熟，常會到教室來。」楊百罌解釋，再遲疑地望向一刻，這次她很確定自己不會再說錯話，「小白……你不記得了嗎？星期一的時候，齊翔宇有到班上。」

「沒交集的傢伙我根本不記得。」一刻一語帶過自己不太會記人的毛病，他只想弄清楚最重要的一件事，「所以，齊翔宇他媽的爲什麼要帶走蔚可可她們！」

「小可我不知道，可是小白……」柯維安吞吞口水，乾巴巴地說，「齊翔宇曾向小語告白被拒絕……」

一刻啞然，比起錯愕，反倒是發寒的感覺比較多。

那個叫齊翔宇的傢伙難道就只是因爲告白遭拒，就用電擊棒攻擊無防備的秋冬語和正巧在旁邊的蔚可可嗎？

「別開玩笑了……」一刻聲音嘶啞，「他X的有病啊！」

「可是，爲什麼齊翔宇會忽然……」楊百罌猛地打住話，美眸睜大。她想起曲九江說的，更想起張亞紫說的。

「不過這裡，微弱的妖氣倒是殘留下來了。」

「將葉子變成其他物體嗎？這種矇騙人的手法，就我所知，可是狐狸最擅長的把戲。」

「反正我有兩個……其實是用特別的管道獲得的，所以不用和其他人一樣苦等補貨。」

妖怪、連鎖信和天使蛋的風行，白曉湘曾說過的特殊管道……這些相關的事件，就像有人精心策劃好……還有那顆無端寄到她這來的天使蛋！

楊百罌驀地一個激靈，嬌顏微白，直到現在才驚覺到一個事實。

「天使蛋，我和秋冬語不是有收到天使蛋嗎？不光是我們，平白無故收到的還有駱依瑾、程湘婷。」楊百罌深吸口氣，「包裝的信紙是學校書局專賣的，而且白曉湘曾說過她有特殊管道獲得天使蛋，不用上商城買，齊翔宇是她要好的朋友……另外，除了我，其他三人都是齊翔宇曾說過喜歡的對象。」

「不對，他對妳或許興趣沒那麼大，但他說過喜歡妳的長相。」曲九江意外開口了，原來那天在教室裡，他其實有將那番談話收進耳裡。

「齊翔宇將天使蛋寄給他喜歡的女孩子嗎？所以他明知道天使蛋裡有字鬼的分身，還特意寄出……他、他到底在想什麼？」柯維安結結巴巴地說。

「他想什麼現在不重要，重要的是他把人帶到哪了。」一刻盯住張亞紫，「張亞紫，妳沒辦法知道更多消息了嗎？」

「可以，不過等知道時，估計都到早上了。」張亞紫說，「我可不是馬上就能得知我想要的事，我必須讀取情報，然後從中過濾、刪除。要想追蹤出他們的動向，你以為這些道路上存在的訊息量有多龐大？」

操他的！一刻無聲咒罵。

「等一下，我想到了！」柯維安猛地大喊出聲，他從背包掏出筆電，單手抱著，另一手像飛舞般敲打鍵盤，「也許可以賭賭看，現在的人超愛在臉書上打卡。若我們運氣好，要是齊翔宇有自信沒人知道他做了什麼，說不定真的有可能……」

柯維安登進了自己在大學中使用的臉書帳號，直接找到了齊翔宇的臉書頁面。

娃娃臉男孩睜大眼，忍不住用嘴形做出了「賓果」兩個字。

在齊翔宇的臉書塗鴉牆上，一分鐘前才更新了最新狀態。

他在「棋山」這地方打了卡。

「棋山離這裡不算太遠，不到半小時車程就可以到……爲了避人耳目，就算齊翔宇是妖怪，也不可能扛著兩名女孩子在路上走。他一定是開車的，小白。」柯維安俐落地闔上筆電，臉上卻沒有任何因找到地點而流露出的喜悅。

不單是他，除了曲九江外，其他人的表情也和他差不多。

一刻等人都是在繁星市唸書的學生，自然也聽過「棋山」這個地名。那地方佔地廣大，想要在深夜的山區找人，無疑相當耗時，偏偏他們現在最缺乏的就是時間。

「有誰和那個叫齊翔宇的傢伙熟的？直接問他。」蔚商白冷冰冰地說。換作平時，他不會貿然做出這種決定的，可他已經不想去在意這些。

「和齊翔宇熟的，就是白曉湘，他們國中時就認識了。」楊百罌說。

「既然如此，就由我來打電話吧，拜託無論如何都要讓我問出有用的消息。」柯維安毫不遲疑地掏出手機，快速找到自己要的號碼。

與此同時，張亞紫一拍雙手，示意一刻等人看向她這邊。

「如果維安小子眞問到了，就開始行動。」張亞紫低啞的聲音令人想到金屬刮搔，「但是，不是全部人。宮一刻、蔚商白負責去找，維安和我一起，我們要去齊翔宇住的地方進行搜查。楊百罌、曲九江，你們留下，和公會之後派來的人手一起將那些還昏迷的人類送回去。」

「我不認爲我有必要被排除在行動外。」楊百罌抬高臉，冷傲地望著面前的神祇。

「我也不認爲我有必要聽妳的命令。」曲九江扯開冷笑，指尖處隱燃著赤紅焰光。

「楊百罌，妳的靈力已經耗損。妳是狩妖士，還不是神使，我相信妳明白我的意思。」張亞紫彷彿無視那來自兩方的刺人視線，神色未變，「至於你，曲九江，我只是不想再看見神使間自相殘殺的蠢事。」

曲九江瞇細眼，銀瞳內似乎閃過剎那陰冷，但隨即有隻手猛力拉住他。

「那種蠢事我也拒絕再看了。」一刻面無表情，聲音壓低，「紀念瓶版本的草莓蘇打，要的話就留在這裡。」

曲九江沉默，半晌後他指尖的焰光消失了——協議達成。

怕被談話聲干擾，跑到另一邊講手機的柯維安這時又匆匆跑回來。他一手摀著手機，像怕被另一端聽見，臉上一片慌亂。

「怎麼辦，小白？」他用氣聲急急嚷著。

「什麼東西怎麼辦？」一刻擰著眉，只覺不明所以。

「白曉湘接了電話，她人剛好在外面夜唱……不對，我不是要說這個。」柯維安急得像連話也說不好了，「她知道齊翔宇到棋山常去什麼地方，可是她堅持要知道是不是齊翔宇出了什麼事，還說……」

「說什麼？」一刻嚴厲問道。

柯維安深呼吸，就像豁出去地喊，「她……她也要跟著去，否則別想她會說出來！」

□

誰也沒想到事情會像失控般演變至此。

好不容易消滅了字鬼，蔚可可和秋冬語兩人落單之際，卻遇到了第三人以電擊棒攻擊，進而帶走。

一查出帶走兩名女孩的是居然是齊翔宇，爲了在最短時間內找出他們的確切行蹤，一刻等人決定追問和齊翔宇最爲熟識的白曉湘。

然而白曉湘卻提出條件，不帶她一起行動的話，她就拒絕透露任何消息。她堅持自己是齊翔宇的朋友，有資格知道對方發生什麼事。

這也就是何以現在大半夜的時間，一刻和蔚商白卻各自騎著機車，趕至和白曉湘約好的第二圓環。她在那附近夜唱，離東城公園不遠。

一刻原本是沒有交通工具的，他可是直接從繁星大學追著天使蛋黑氣而來，不過從醫院溜出的柯維安倒是騎車過來的。

那名娃娃臉男孩當時只是狡猾地笑了笑，含糊地用「只是跟人暫時借來一下」的理由搪塞過去。

一刻決定等全部的事都解決後，絕對要命令柯維安把「借來」的車還回去。

使勁催動油門，一刻和蔚商白飛速在馬路上行駛。

一刻打從心裡希望白曉湘別蹚進這事裡窮攪和，要是她能直接說出齊翔宇最可能去棋山的哪處那會更加好辦，偏偏對方不願這麼做。

別無選擇下，一刻和蔚商白暗中達成了共識，一旦找到齊翔宇，就將白曉湘打暈，免得情況更加複雜。

「操他的！事情都已經夠複雜了！」一刻忍不住在無人的街道上咒罵。

蔚商白打從心底同意。

穿過一個紅綠燈已經失靈的路口，兩輛機車終於來到了二環，遠遠就看見那裡正佇立一名高瘦的短髮身影。

即使記不得對方的臉，一刻也猜得出來那正是白曉湘。

當兩台機車幾乎同時停下的瞬間，提著小包包的短髮女孩像是嚇一跳，俊俏的臉孔閃過緊張，但下一秒映入她眼中的白髮讓她鬆了一口氣。

「小白！」白曉湘連忙三兩步跑上前，「柯維安說翔宇惹了麻煩躲到棋山，他究竟惹上什麼……」

「那種事晚點再說，上車，告訴我們要去棋山的哪裡找人！」一刻不耐煩地打斷，將多帶的一頂安全帽塞給對方。

「不，你不說我就不上車。」白曉湘雙腳不動，固執地瞪著一刻，「我是翔宇的好朋友，我有權知道一切。而且另一個人是誰，我根本沒見過他。」

「妳有沒有見過他干我屁事！現在他媽的給我滾上車！」一刻耐心告罄，一聲暴喝不客氣地砸了出來，目光尖銳如利刃，哪有半點白曉湘所知道的「低調、沉默」。

白曉湘呼吸一窒，差點往後退了一步。面前的白髮男孩氣勢駭人，與以往在校園內見到的印象截然不同。

受到那份氣勢的壓迫，白曉湘僵著背，不禁依言行動。她戴上安全帽，跨上機車後座。

「齊翔宇會去棋山的什麼地方？」另一邊的機車騎士忽然冷澈開口。

白曉湘看見那人揭開安全帽的面罩，眼神冰寒凌厲。明明看起來沒比自己大上多少，卻有種異於同年齡人的威壓。

「棋、棋山……」白曉湘控制不住，結結巴巴地說，「翔宇家在那有間度假小屋，後來少去了，就變成堆雜物用的倉庫。但是翔宇有時還會帶人到那烤肉、唱卡啦ＯＫ，或是過夜，他都說那裡是他的祕密基地。」

一刻和蔚商白互望一眼，兩人有著共同的想法——齊翔宇人一定就在那間小屋沒錯！

第二章

「嘿嘿，大夥可都是很期待的。這麼漂亮的女孩子，沒想到會喜歡這種口味的遊戲。放心，我們都準備好了。」

「少蠢了，你們以為我下手會不知輕重嗎？我保證一會兒後她們就會醒過來了。」

「喂喂，該不會下手太重了？應該沒把人電出事吧？」

「怎麼還沒醒來？」

聲音，好幾個人說話的聲音。高高低低，有人訕笑，有人興奮，但都是屬於男人的聲音。

蔚可可昏昏沉沉地想，意識還沒辦法完全集中，身體一側還有著刺麻的疼痛殘留。

自己怎麼了？發生什麼事了？蔚可可不自覺地顫動一下眼睫，沒注意到有人驚喜或亢奮地叫喊——「看到沒？她們要醒來了！」、「我不是早說不用擔心的嗎？」——腦海內正努力地將那些散落的記憶片段拼湊起來。

她記得她和小語一起去買飲料，結果在自動販賣機那碰上……碰上……

一幅幅畫面倏地在腦海中閃現，蔚可可記起來了，她和秋冬語發現有人像是不適的樣子坐在那裡，卻沒想到對方趁隙偷襲。

是電擊棒……那個叫齊翔宇的傢伙使用了電擊棒！

他有什麼企圖？那個時候他不應該出現在那裡的……神使的結界一般人類無法闖入，她爲什麼沒事先發覺齊翔宇根本不是人類！

小語呢？那個混蛋也攻擊小語了嗎？

強烈的憤怒和擔憂讓蔚可可奮力凝聚意識，猛然睜開了眼睛，反射性彈起身子。但突然直刺入眼中的光線，讓她不由得別開頭、瞇起了眼，耳邊同時聽見陌生的男性聲音鼓譟。

「醒來了，眞的醒來了！」

「張開眼睛看起來更可愛耶！」

「欸欸，翔宇，她眞的自願要陪大夥玩嗎？」

蔚可可完全不知道現在是發生什麼事，光線讓她覺得很刺眼。她想抬手擋住，隨即卻震驚地發現到自己的雙手被反綑在背後，冰冷的堅硬觸感讓她想到了手銬。

強忍下驚慌和想要用神使力量的衝動，蔚可可雖然有時候傻裡傻氣，也不會天眞到搞不清楚自己已陷入險境。

不管那個叫齊翔宇的傢伙爲什麼要用電擊棒攻擊自己，再以手銬銬住她，她必須先確認現在的情況，以及秋冬語在哪裡。

深吸口氣，蔚可可慢慢扭過頭。她先是看見自己身處在一幢屋子裡——有著基本的家具，但牆邊堆積不少雜物，比起一般住家，給人的感覺更像儲物用的倉庫。

接著，蔚可可無法控制地倒吸冷氣，瞳孔收縮。她還看見屋裡有四名年輕男性，一人是她見過的齊翔宇，另外三人都是陌生臉孔。他們看起來輕浮、流裡流氣，臉上帶著曖昧且興奮的笑容。

不僅如此，他們三人一人手持攝影機、一人拿打光板、一人站在特別架設的照明燈具旁。

這些人，看起來就像是準備拍攝……什麼。

蔚可可極力壓住反射性竄上的不安，不願去深思那所謂的「什麼」，指的究竟是什麼。

「你們是誰？這是哪裡？」蔚可可尖聲地喊，一邊試圖和面前的男性拉開距離。她挪動著臀部往後退去，沒想到肩頭先撞上了某樣物體。

不是硬邦邦的，反而有著熱度，還有著一些柔軟……蔚可可一震，猛地轉頭，頓時望見她擔心不已的那抹身影。

秋冬語倚靠牆邊，長髮披散，身上還是那套魔法少女的華麗誇張服裝，尖頂帽不知落到哪去了。她雙眸緊閉，尚未恢復意識，纖長的眼睫毛在眼下映下了陰影，蒼白的臉蛋此刻看上去更顯脆弱，雙手則是被銬在身前。

「小語？小語！」蔚可可想也不想地趕緊移靠到秋冬語身旁，確定對方身上沒有一絲損傷後，她怒氣沖沖地瞪視那四個年輕人，「你們到底想做什麼！」

蔚可可感受到那股不停翻騰的憤怒已經蓋過了慌亂，她尖銳地拉高聲音，「你們這是綁架、非法監禁！你們就不怕坐牢嗎？」

「什麼？等等，翔宇，她說的是真的還假的？你不是說這只是你和你的兩位女朋友要換點口味，玩強暴遊戲好增加情趣嗎？」拿著攝影機的年輕人一愣，頓時面露不安，猶豫地後退了一步，「我說……我們是想找樂子沒錯，但也不想惹上麻煩。」

蔚可可幾乎以爲自己聽錯了。女朋友？強暴遊戲？她俏臉刷白，背脊發寒，不敢相信那個和她素不相識的青年，居然捏造了這麼卑鄙可惡的謊言！

「誰是他女朋友？少胡說八道了！我和他根本不認識！」蔚可可用盡力氣怒喊道：「現在立刻放我們走！我哥他一定已經報警在找我們了，說不定警察馬上就會找來這個地方！」

當「警察」兩個字一出現，很明顯地，齊翔宇的朋友們都動搖了。他們緊張地對望一眼，發現彼此眼中都萌生了打退堂鼓之意。

他們都是齊翔宇一通電話找來的，對方說自己找了兩名女友要一起玩點特別的遊戲，問他們要不要加入，還強調女方甚至答應先被弄昏，好增加情趣。

但是，那名鬈髮女孩的激烈反應怎麼看都不像作假……如果說是演戲，那她也投入得太過頭了。

最重要的是……那模樣，真的只是演戲嗎？

他們三人雖然平時遊手好閒，可誰也沒想過眞的要替自己帶來這種大麻煩。

「別、別開玩笑了，萬一被警察抓到，那不是會留下案底嗎？」抓著打光板的年輕人慌慌張張地放下板子，「我才不要我的人生莫名其妙毀了！」

「齊翔宇，你自己玩吧，我們不奉陪了。要是警察眞找上我家裡的人，我會被打死的！」

「我也要走了，我才不想惹上麻煩！」

另外兩人也趕緊放下攝影機並離開照明燈具，匆匆忙忙就想跑出大門，遠離這裡。

「站住！」齊翔宇忽然大吼一聲。

剎那間，本來敞開的大門「砰」地一聲關上，窗戶也喀喀喀地全部閉緊。

突來的異狀，使得已經跑到大門前的三人都呆住了。他們瞪大眼，驚恐地看著瞬間變成密閉空間的小屋；隨後他們回過神，立即伸手想打開大門，然而門板竟是文風不動。

「爲什麼打不開？」

「見鬼了，這是怎麼回事？」

慌亂的大喊充斥在屋子裡。

蔚可可屏著氣，在齊翔宇喊出「站住」的時候，她感覺到了細微的妖氣——齊翔宇果眞不是人類，是妖怪！

「我們是朋友吧？既然如此，不是更要幫我？」齊翔宇似乎不擔心蔚可可和昏迷的秋冬語能有什麼小動作，他毫不在意地轉過身，背對她們，看著那三名流露惶恐神色的年輕人，唇角勾起，眼珠的顏色逐漸改變，「我之前不是說了嗎？這兩個女人最喜歡玩角色扮演了，所以她們會力求逼眞，別理會她們的反抗，那都是假的。」

「齊翔宇，你這人渣！」蔚可可聽得一清二楚，她破口大罵，憤怒和被羞辱的感覺衝上。

「妳最好安靜一點，我可是看在妳是冬語好朋友的份上，才對妳客氣的。」齊翔宇頭也不回地說。

蔚可可本來又想斥罵，但她倏然發現到站在門前的三人都沒了反應。他們的表情變得一片空白，接著那三人竟又走了回來。

三人步伐僵硬，有如受到操控的木偶。他們回到原位，各自拿起了攝影機、打光板。

「很好，我可是相當期待能拍出好作品的。」齊翔宇回過身，咧開耀眼的笑容，眼珠已然從漆黑變成非人類的金黃，唇間隱隱還可見到銳利的牙齒。

蔚可可蒼白著臉，她絕對不會問對方究竟想拍什麼，相反地，她再挪動身子，試著擋在秋冬語之前。

「好了，既然冬語還沒醒，那就先從妳開始好了。」齊翔宇伸手解開襯衫的前幾顆釦子，在蔚可可的面前蹲下。他從口袋裡掏出電擊棒把玩，語氣親切爽朗，「妳不覺得我的眼睛奇怪眞是勇敢。我喜歡活潑外向和小鳥依人的安靜女孩子，妳很符合前者，可惜個性不討人喜歡，太愛出風頭和咄咄逼人的女孩只會令人反感。所以，之後我會再把妳丟給我的朋友們，妳覺得如何？」

蔚可可覺得自己快吐了，可是她還有事必須問清楚。

「你在記恨那天的事……所以才把我綁來？那和小語又有什麼關係？你衝著我來就可以了！你不是喜歡她？爲什麼還要傷害她！」

「傷害她？」齊翔宇像是困惑地反問，「我哪有傷害冬語了？我只是不想她吵鬧，才用電擊棒。而且我接下來要做的事，也不是什麼傷害，那只是很正常、一般的事而已吧？」

「正常……一般？」蔚可可嘶氣般地擠出聲音，想著眼前的人是不是瘋了。

「沒錯，因爲我喜歡她啊！」齊翔宇興高采烈地說：「所以我要怎麼對她都是被允許的吧！」

「什……」蔚可可呼吸一窒，「你瘋了嗎？怎麼可能被允許？小語她根本就不喜歡你！」

「那很重要嗎？」齊翔宇說，這名英俊高壯的青年咧開一抹陽光般的笑容，「我喜歡她就可以了，而且我還是她的朋友。既然如此，我想對她做什麼都可以。」

就是這句話，讓蔚可可僅存的理智消失。

「去你的可以！齊翔宇，你他媽的就是個心理有問題的死變態！」蔚可可高聲怒吼，同時額頭用盡全力地往前方撞去。

齊翔宇壓根沒想到蔚可可會有這麼激烈的反擊，毫無防備下，那一撞不止讓他的前額傳來劇痛，還讓他差點一屁股跌坐在地。

齊翔宇臉色瞬間大變，原本爽朗的神色扭曲，眼中閃動著猙獰的光芒。

「媽的，妳這個婊子！」齊翔宇揚手，狠狠一掌摑上了蔚可可的臉。

那掌聲音響亮，足見力道有多大。

而也就是那一聲，讓秋冬語渙散的意識猛地匯聚，那雙烏黑無波瀾的眼眸瞬間睜開，然後納入了蔚可可臉頰迅速發紅、發腫的景象。

秋冬語只覺腦海前所未有一片空白。

「你以爲這樣就可以假裝你不是心理變態了嗎？你就是！」不在乎臉上的熱辣疼痛，蔚可可仰起頭，不甘示弱地回瞪，背後雙手使勁，右手手背至中指飛快浮現淺綠花紋，「『喜歡』和『愛』才不是你們這種爛人拿來用的藉口！自以爲是也要有個限度！」

「閉上妳的嘴！憑什麼我不可以對我喜歡的人爲所欲爲？」齊翔宇伸手就要拽住蔚可可的頭髮。

蔚可可立即要扯斷手銬，但有人比她的動作更快。她只來得及看見身旁的纖弱身影一把將堅固的金屬手銬扯成兩半，旋即那身影便已迅雷不及掩耳地衝出。

齊翔宇作夢也沒想過，他一直以爲安靜、病弱的秋冬語居然身手如此矯捷。在他還未反應過來之際，對方已一腳掃上他的臉面，緊接著他感到衣領一緊，雙腳離地。

下一剎那，齊翔宇就被那條蒼白細瘦的手臂扔摔出去。他撞上了照明燈具，頓時又是一陣乒乓響動。

齊翔宇無比狼狽地躺在地上，電線纏在他的腳上，臉和背都傳來了疼痛。

而那三名受到操縱的年輕人突地一震，臉上逐漸露出茫然疑惑的表情，彷彿一時還不知道他們身處何方。

「怎麼……」

「什麼……」

當他們看見齊翔宇倒在地上，另外兩個女孩站起並已掙脫手銬時，不禁再度呆住了。因爲他們注意到那兩副手銬，赫然都斷成了兩截！

那可是貨眞價實的金屬手銬……一般女孩子有可能將它從中硬生生扯開嗎？

驚悚的神情躍上三人的臉，然後又被更加強烈的恐懼取代。他們都看見了齊翔宇搖搖晃晃地站起來，踢開腳上的電線，眼珠呈現詭異的金色。

不光如此，他那張腫了半邊的臉還在發生變化——口鼻突出，細毛覆在臉上，雙耳也在往斜後拉長。

很快地，那已經不再是人類的臉了，而是一顆狐狸的頭顱。

齊翔宇變成了一個狐頭人身的怪物，身後還垂著一條棕色尾巴。

那三名年輕人就像是受到過大的衝擊，眼一翻，竟是活生生地嚇暈過去。

砰、砰、砰、砰！三具軀體陸續倒地的聲音驚回目瞪口呆的蔚可可，她的眼中沒有畏懼，只有吃驚。她知道齊翔宇是妖怪，對方能闖入神使的結界內就已證明了……只是沒想到對方原來是妖狐……

「但、但是，妖狐族的原形不都是俊男美女嗎？我認識的那位就是……你該不會是修煉不到家吧？」蔚可可似乎是過度震驚，反射性脫口嚷道，沒發覺到齊翔宇的眼中閃過狼狽，又轉為憤怒。

接著，蔚可可慢一拍地想到一件事。齊翔宇是妖狐，張亞紫曾說過將樹葉變成其他東西、矇騙他人，向來就是妖狐的拿手好戲。

全部化成枯葉的天使蛋、剛好在那個時間出現在東城公園外的齊翔宇……所有齒輪瞬間全卡進了所屬位置。

「喀噠」一聲，蔚可可恍然大悟。

「天使蛋……」她瞠大眼，俏顏微白，「天使蛋是你弄出來的？那字鬼……字鬼跟你又有什麼關聯！」

「蠢女孩。」齊翔宇咧出尖利牙齒，「那當然是因為字鬼就是我一手培養出……！」

齊翔宇的話聲驀然卡住，他直到這時才驚覺過來蔚可可說了「字鬼」，普通的人類女孩有可能知道這種妖怪的存在嗎？

還未等齊翔宇警覺地怒喝出「妳們是什麼人」，蔚可可和秋冬語對視一眼，冷不防雙雙飛快掠身而出。

蔚可可右手背至中指的碧紋一閃光芒，一把碧綠弓箭搭架在上，沒有猶豫，三支箭矢破空射出，無一不是鎖定齊翔宇所在的方向。

齊翔宇現在知道蔚可可是什麼了……可恨的氣味，可恨的存在，可恨的神使！

「神使、神使，自以為正義的傢伙去死吧！」齊翔宇咆哮，雙腳奮力一蹬，狐尾一甩，其中一支箭被他捲起的氣流打偏了方向，另外兩支箭則是被他驚險閃過。他在地上打個滾，再躍起時，視野內霍然烙入一抹纖弱身影。

與蒼白文靜的外貌不同，秋冬語抬腿直踢齊翔宇下頷，動作快又狠。

從先前遭受的那一腳，齊翔宇知道對方根本不是什麼手無縛雞之力的「病美人」，相反地，以她那腳凶猛的力道，說不定能將自己的下巴骨頭踢碎。

危機感讓齊翔宇急急向後放倒身子，千鈞一髮之際避閃了那腳。利用雙手撐地，不讓自己的身子完全倒下，他張嘴，從喉頭深處噴湧出鮮紅火球。

「小語！」見此景，蔚可可心焦大喊。

「毋須……」秋冬語面無表情地迎視火球撲來，右手飛速一抬，原先空無一物的掌心中央竟在剎那浮現一柄細長物體。

「……擔心。」隨著輕巧兩字飄下，握在秋冬語手中的蕾絲洋傘猛地開啓，擋下了火球的攻擊，該是柔軟的傘面毫無損傷，連點焦黑也沒有。

「怎麼可能？妳是什麼東西？妳身上明明沒有神使的臭味！」齊翔宇又驚又怒，一時居然忘了繼續追擊。

但是他忘了，不代表秋冬語也如此。蕾絲洋傘眨眼閉攏，尖銳的傘尖就像利劍朝前突刺。

倘若不是齊翔宇反射性以狐尾來擋，恐怕他身上就要被開出一個洞了。

但齊翔宇這時候倒寧願是自己的身子被開洞，因爲傘尖刺入他的尾巴，那股劇痛令他尖聲嘶嚎，疼得想在地上打滾。

秋冬語的進逼沒有就這樣停止，她抽回洋傘，纖白手臂扯住那條染血的尾巴，往前砸扔。

齊翔宇感覺到傷口處再被人施加勁道，頓時連嘶嚎聲也發不出來，加成的痛苦幾乎要讓他失去意識，只能任憑自己的身子飛過半空，眼看就要撞上另一端的牆壁。

蔚可可知道這是個好機會，馬上拉弓搭弦，碧綠光箭準備放出，好射穿齊翔宇的衣角，將他懸釘在牆上。

可是大門突然被撞開的聲響嚇了蔚可可一跳，使得她手一滑，光箭反朝大門方向飛去。

「糟糟糟了！不管是誰快躲開！」蔚可可刷白臉尖叫，神使是不能隨意用武器傷害一般人類的。

「——改改妳那一毛躁就忘東忘西的毛病，收回神紋就能收回武器，否則我眞要當妳有要謀殺我的意思了。」說話的是名修長青年，俊秀的臉龐不苟言笑，鏡片後的眼睛一片冷肅。他右手舉起，握住的五指間不偏不倚正抓著一支細長箭矢。

蔚可可像是虛脫般跌坐在地，一點也不在意齊翔宇已撞在牆上、滑落下來，正狼狽地試圖爬起，她的一雙眼睛只是盯著大門敞開的方向。

那裡站著兩個人。

他們來找她們了……

「哥、宮一刻……」蔚可可不知怎地眼眶一熱，她吸吸鼻子，努力壓下喜極而泣的衝動。

「妳們兩個都沒事吧？這些傢伙又是誰？」白髮男孩大步邁進，對於屋內的凌亂和地上倒臥的其他人不禁皺緊眉，本就不善的臉孔看起來更嚇人了。

「我和小語都沒什麼事。」蔚可可趕忙眨去眼淚，露出精神十足的笑臉。但接著她就發現一刻並沒有安下心，反而用著恐怖的眼神瞪著她的臉。

直到這時，蔚可可才後知後覺地感受到臉頰傳來的刺痛。

「應該……沒有腫得很嚴重吧？」她囁嚅地問。

「誰打妳的？」一刻沒有回答蔚可可的問題，而是沉聲問出這四字，他眼中有著風雨欲來的危險。

蔚可可連忙想叫自己的兄長勸對方冷靜點，然後她看見那抹修長的人影早就走向了牆邊的齊翔宇。或許是劇烈的痛楚導致他回復了人形外貌，不再是狐頭人身，可是蔚可可的眼中只看得見自家兄長。她倒抽一口氣，對方身邊環繞著冰冷的肅殺氣勢，說明了他才是最需要冷靜的那一個。

「等、等一下，哥，你不能再出手，他會被你打死！他就是天使蛋的製造者，字鬼也是他培養出來的！」蔚可可慌張地喊，「我們還要留他問更多事吧？深呼吸、深呼吸，我眞的沒怎樣！」

「閉嘴，我是妳哥。妳這笨蛋都被人打了，妳當我有可能不吭聲嗎？」蔚商白冷冰冰地拋出話。

在齊翔宇想爬起來的瞬間，一柄碧綠長劍不客氣地插立在他手指前，齊翔宇臉色一白，登時又嚇得跌坐回去。

蔚可可忍不住張大嘴，爲兄長的話語感動不已。可是下一秒，她就反應過來地哇哇大叫。

「再等一下！人家哪裡是笨蛋了啦！」

「……妳就是個笨蛋。」一刻一掌拍上蔚可可的腦袋，但那勁道其實很輕，「秋冬語，這地方到底是發生什麼事？另外幾個傢伙是做什麼的？」

「他們想要……」秋冬語就站在蔚可可身後，單手搭著她的肩膀。只不過她剛吐出幾字，就被蔚商白打斷。

「不管他們想做什麼，都會付出代價的。」蔚商白怎麼可能忽視攝影機和打光板的存在，這讓他的眼神愈發森寒。他居高臨下地俯視齊翔宇，面無表情，「我不會打死你，但打得半死我相信還在允許範圍內，反正只要還有一口氣能回答問題就夠了。」

齊翔宇面如死灰，壓抑不住身子的顫抖。他不會傻得認爲能獨自面對三名神使的包圍，可他也不願面對接下來的可怕暴力。他看見那名高個子青年的左手手背至中指的綠紋在發光，手指握成拳狀，他試圖擠出什麼脅迫的話來阻止對方。

這太奇怪了，自己是妖怪沒錯……但是對喜歡的人爲所欲爲不是很正常的嗎？爲什麼不能這樣做？

「住、住手，你們會後悔的……我父親可是……」正當齊翔宇拚命擠出話，另一聲尖銳的叫喊出乎眾人意料地闖進來。

「住手！」

大門口站著一個人，她臉色發白，氣喘吁吁。

她是白曉湘。

第三章

白曉湘的意外出現令一刻大吃一驚，因為在闖進小屋之前，蔚商白應該已經將人打昏扔在外面了才對。

你打得太輕了？一刻皺眉，朝蔚商白投出質疑的眼神。

不，我很肯定我下足力道。蔚商白同樣用眼神回應。

在場人中，只有蔚可可不知道站在門口的高挑短髮女孩是誰。

「她是？」蔚可可小小聲地問著。

「白曉湘。」秋冬語回答，「齊翔宇的好朋友……我和小白的，同學。」

「喔，但是……」蔚可可想要問對方怎麼也會跑來這，可是又怕自己的問題太多，只好忍耐地閉上嘴。

「她知道齊翔宇家在這有間屋子，我們叫她帶路過來。」這次是一刻回答，「但她應該被打昏了。」

白曉湘並沒有聽見一刻他們在說些什麼，她的目光只放在一個人的身上。

「翔宇……翔宇！」白曉湘飛快奔向齊翔宇，心焦不已地扶著對方肩膀站起，隨後偏過臉，惡狠狠地怒視蔚商白，「你們對翔宇做了什麼？你們騙我……不是說翔宇有麻煩嗎！」

「所以是妳帶來這兩個神使？該死的，白曉湘！妳是想害死我嗎！」齊翔宇先是恍然大悟，再轉爲暴怒。他氣急敗壞地大力揮開對方的手，粗重地喘著氣，「妳既然是我朋友，不是應該幫我隱瞞嗎？妳居然還敢帶他們來這裡？」

「不是的，翔宇……」白曉湘慌亂辯解，「是他們騙我說你有麻煩，我、我才會……」

「白同學，妳快點離開齊翔宇那傢伙身邊，我說眞的！」蔚可可再也看不下去，白曉湘什麼也不知道，只是一心想保護自己的朋友。她不知道齊翔宇那麼可惡，策劃了連鎖信與天使蛋的事，還是個妖怪，「他用電擊棒攻擊我和小語，把我們綁來這裡，還想要……」

蔚可可深吸一口氣，捏緊拳頭，「還想要侵犯我們！」

「立刻……離開他，白曉湘。」秋冬語伸手握住蔚可可的手，像是在安慰對方，一雙烏黑不見波瀾的眼眸則是直視白曉湘，語氣平淡無波。

「住嘴！我不會讓你們這些傢伙傷害翔宇！」白曉湘就像誓死保護幼崽而張牙舞爪的母獅，張開手臂，極力擋在齊翔宇身前，雙眼銳利凶狠地緊瞪著蔚可可等人，吐出嘴唇的聲音像摻了冰屑，「妳說，翔宇想要侵犯妳們？那麼——」

那是一句即使是素來冷靜、不爲所動的蔚商白，也要感到背脊發寒的話。

「妳們爲什麼不乾脆讓翔宇做呢？妳們爲什麼要反抗他！」

「什麼……」蔚可可呆住，驚駭得說不出話來。

那女孩剛剛說了什麼？她說……

一般人，有可能說出那樣的話嗎？

「妳他媽的是神經病嗎！」一刻暴吼，臉色鐵青。

「哈……」齊翔宇卻是驚喜地笑了，「哈哈哈哈！不愧是曉湘，這樣的想法才是正常的吧！我想對喜歡的人做任何事，果然一點錯也沒有啊！」

「當然沒有錯，你做什麼事都不會有錯。」白曉湘堅定地說，而投向蔚可可、秋冬語的眼神是含帶指責，「既然翔宇想侵犯妳們，妳們就該乖乖地讓他侵犯！」

蔚可可臉上血色盡褪，她猛然一把摀住嘴，覺得反胃的感覺要衝出喉頭，她快吐了。

「秋冬語，帶蔚可可到後面，這裡我和蔚商白處理。」一刻面無表情地說，但他攢緊的手指關節泛白，手臂上更是青筋迸露。

「說得太好了，曉湘。」齊翔宇愉悅地扯開嘴角，即使這會拉疼他的臉部肌肉，「我就知道妳是最了解我的好朋友，所以我才那麼喜歡妳。」

「比對秋冬語，對駱依瑾、程湘婷、楊百罌那些女人……還喜歡？」白曉湘的聲音聽起來有點沙啞，和平常不太一樣。

「噢，當然是不同的。妳就是朋友，畢竟男人婆實在不是我的菜。可是，妳說過的吧？」

齊翔宇沒有留意到那點異樣，也不將白曉湘的問句當一回事。他湊近白曉湘耳邊，吐息般地說：「我是妳唯一最重要的朋友，妳願意為我做任何事。那麼——現在就幫幫我吧！」

猝不及防，齊翔宇一條手臂猛力勒上白曉湘脖子，離他最近的蔚商白甚至來不及阻止。

「你們要是敢再靠近一步，我就扭斷她的頭！」齊翔宇挾持著白曉湘，咧開猙獰的笑容，「神使該不會想害無辜的人類喪命吧？後退！我叫你們後退一點！」

脖子上的壓迫感似乎讓白曉湘感到難受，她臉色逐漸發白。

「幹！」一刻咬牙咒罵，他不想管白曉湘的死活——她簡直就是瘋子——可他也不可能眞的眼睜睜看對方在他們面前送命。

「妳將這種人視為朋友？」蔚商白開口，嗓音森寒又輕蔑，「妳也是天使蛋意外事件的當事人之一，妳知道天使蛋是他一手弄出來的嗎？為的就是培養出害人的東西。他不是人，是個妖怪，還自導自演出那些意外，為的就是讓天使蛋更受注目。」

蔚商白並不是要讓白曉湘相信這些話，他只是要對方動搖。只要白曉湘一生起掙扎之意，他就可以逮到空隙，攻擊齊翔宇。

可是，就連蔚商白也沒料想到，先出聲的人居然會是齊翔宇。

「不愧是自認正義的傢伙，就連信口開河這種事也做得出來！」齊翔宇惡狠狠地咆哮，「來啊！再多編一些藉口啊！再把那些意外怪罪到我的頭上！別笑死人了，就算我不做那種事，天使蛋也早就大爲流行！偏偏就是你們這些可恨的神使，消滅了我好不容易培養出來的字鬼……我本來可以吃掉它，一口氣獲得那些大量人類精氣的！」

「別笑死人的是你這傢伙！」一刻厲聲說，「天使蛋裡寄附著字鬼的碎片，而那些發生意外的人都有天使蛋，都說自己被無形的力量在千鈞一髮救了，但是她們誰也沒看見犯人是誰。還有秋冬語她們收到的天使蛋……那也是你故意寄的吧？你他媽腦子浸水嗎！」

「少在那胡說八道了！」齊翔宇看起來更加被惹怒了，他放大咆哮的音量，「你們這些神使是白痴嗎？附著在天使蛋的字鬼哪有那種力量，它的力量要完全體時才能發揮！還有，誰寄了天使蛋給秋冬語她們？我幹嘛要幹那種事，鬼才知道那是誰做的！」

「……事實上，是我做的。」有人微弱但滿含笑意地說出這句話。

說話的人並不是齊翔宇。

一片詭異的死寂飛快籠罩屋內，包括齊翔宇，在場眾人都愣住了，每雙眼睛都震驚又駭然地盯住開口的那抹人影。

那人身形高挑，皮膚曬成健康的小麥色，頭髮削得短短，明明俊俏英氣，但十足十是名女孩子。

「翔宇並不知道我做了這些事，我只是想幫他而已。」白曉湘咧開愉悅的微笑，眼中有種古怪又狂熱的光芒，「那很簡單的，把人推下去，再及時接住。但是，要讓人注意到天使蛋，覺得是它的守護，就得要我自己推波助瀾了。於是我也成爲當事人，然後大家眞的瘋狂相信了。」

在針落可聞的安靜中，白曉湘又說：「天使蛋是我特地寄給秋冬語、楊百罌、駱依瑾和程湘婷，翔宇對她們感興趣，那可眞令人火大。那些婊子……就該讓字鬼吸光精氣，像具乾屍醜陋地死去！」

「爲……爲什麼妳會……」驚恐說話的人換成齊翔宇，因爲他發現事情偏離常軌，超脫出他的掌控。他就像是怕被燙著地想收回手，拉開和白曉湘的距離。

但是，另一隻小麥色的手更快地將對方的手緊緊抓按住了。

「爲什麼我會知道天使蛋裡有字鬼的碎片？我不是應該只知道天使蛋是你設計出的產品，是我們一起管理那個商城、一起傳播連鎖信？」白曉湘緊緊抓住齊翔宇的手臂，不讓他後退。她的語調歡快又甜蜜，彷彿不知道身後的人正露出越來越驚懼的表情。

「我怎麼會不知道？只要是翔宇你的事，我都知道。包括你是個妖怪，包括你老是會忍不住把注意力放在我以外的婊子身上！」白曉湘突然語調降低地怒吼，沙啞的聲音聽起來就像有別人借用她的嘴巴說話，「我願意爲你做任何事，因爲我一直都喜歡你，我知道總有一天你會明白的。可是，你今天惹出的麻煩有點太多了，所以我決定之後都由我保護你，你不用再做任何事，就連……」

白曉湘的臉上忽地浮上恍惚陶醉的神情，她將背親密地貼靠上齊翔宇僵硬的身子，呢喃地說：「你的妖力，也不需要了。」

齊翔宇駭然睜大眼，但那並不是因爲白曉湘那番話的關係，而是他感覺到有什麼在同時間刺入他的後背。

這不可能……齊翔宇的面色灰白，瞳孔收縮。沒有人站在他身後，爲什麼會有……

「蔚商白，這未免也太靠杯了吧？」一刻繃緊了身體，左手無名指乍現橘色神紋，雙眼無法從白曉湘的身上移開。

「我不認爲我的名字後面，有哪裡需要加上髒話當語助詞的地方。但是，是的，這發展確實很惹人厭。」蔚商白左手手背至中指的深綠神紋也閃爍了一下，插立在地的長劍回到他手中，他的另一手也握住了一把平空出現的劍。同樣地，目光緊盯住白曉湘。

或者說，是白曉湘不知何時探向齊翔宇背後的右手。

不，那已經不能稱得上是「手」了。它渾身漆黑，上頭正長出一根根色彩鮮艷的羽毛……那絕對不可能是人類應該擁有的一部分。

「不、不會吧……」蔚可可緊抓著秋冬語的手，臉上流洩出驚惶。

隨著白曉湘的右手發生異變，一股神使們都熟悉的氣息也逐漸環繞在屋子內。

秋冬語的側臉愈發冷然，「太過……大意。願望、希望、渴望……」

「瘴啊，就是要吞噬一切欲望！」白曉湘臉上的皮膚瞬間如瓷塊裂開，底下是另一張恐怖的臉，沒了正常的五官，只剩下一雙緊閉著的眼睛，還有多張橫劃在上的嘴巴。

那些嘴巴在呢喃、在嘶吼、在大笑。

「我愛……」

「愛呀愛呀……」

「這是瘋狂又扭曲，多麼讓人愉悅的愛啊！」

白曉湘猛地抽回手，漆黑的手指間躺著一枚結晶似的小巧圓球，周身還散發著微光。

與此同時，齊翔宇就像被抽光全身氣力，雙腿一軟，只能貼靠著牆面虛弱喘氣。

「那是什麼……」蔚可可心中的不祥越擴越大，手指也無意識地加大力道。

「是……元核。」秋冬語輕輕地說：「妖怪修煉的，妖力的核心。也就等於……他們的主要力量。」

一刻沒有漏聽後方傳來的話語，但他的視線此時瞬也不瞬地緊盯著白曉湘不放，握著白針的手背上更是青筋浮迸。

寄附在天使蛋上的字鬼碎片沒有太多力量，既然如此，白曉湘又是如何造成那些意外的發生……答案，現在就擺在眼前。

是瘴……她早就被瘴入侵！

一刻無意識地屏著氣，看見白曉湘將屬於齊翔宇的元核放進其中一張嘴巴裡，然後……

「操操操！蔚商白，快退！」在一刻察覺不對勁、暴喝出聲時，白曉湘的身周同時震盪出如浪黑氣，黑氣中甚至挾帶無數羽毛飛刺而出。

那些羽毛斑斕艷麗，然而尾柄卻是支支鋒利無比。

一刻瞥見自己身邊有張長桌離得近，立即一把拽扯過，一腳踢翻，再飛快抓住一支桌腳改變方向，讓立起的長桌板完全擋住自己的身子。

屋內不止有羽毛「篤、篤、篤」刺入眾多物體的聲音，還有玻璃紛紛炸開的高分貝碎裂聲。大大小小的玻璃碎片摔濺一地，又製造出新一波聲響。

從眼角捕捉到另外三人的位置，一刻鬆了口氣。

蔚商白找了大沙發作爲掩護；秋冬語用她的蕾絲洋傘保護住自己與蔚可可。

待周遭變得死寂，一刻毫不猶豫地踢開長桌，打算以最快速度展開第一波攻擊。然而等待在他眼前的景象，讓他硬生生收住了腳步，忍不住罵出一聲「幹」。

屋內已殘破凌亂得快看不出原貌，窗戶玻璃碎裂一地，觸目所及的家具、牆壁幾乎被羽毛刺得千瘡百孔。

齊翔宇沒有受到任何傷害，但他的臉色蒼白如紙，虛弱得像隨時會暈倒，與之前的意氣風發簡直有天壤之別。他整個人瑟縮在牆邊一角，身前是層層黑絲交錯，將他像小蟲般困住。從他驚惶又畏怕的表情來看，可以知道他並不是自願被困在裡面的。

齊翔宇正前方，佇立著的已經不是白曉湘的身形。

在「她」身上，找不出曾屬於那名俊俏女孩的影子。她的身形巨大，全身漆黑，兩隻手臂被斑斕的羽毛覆蓋，腰部以下鼓大如蜘蛛的下肢，八隻猙獰剛黑的腳將整具身體高高撐起。每隻腳的前端都纏著黑黝的絲線；而在那同樣漆黑的上半身皮膚，也是橫裂了多張嘴巴。它們不時地蠕動，像在喃喃細語；臉上的雙眼還是閉闔，沒有洩露出一刻等人熟悉的不祥猩紅。

但這一切，都不是讓一刻脫口咒罵的原因。

齊翔宇的三個朋友，那三個應該昏死在地上的年輕人，現在是直挺挺地站著，就站在異變的白曉湘身前，全身上下都纏著和白曉湘八隻腳上同樣的黑線。

一刻可不會認爲白曉湘沒事把他們三個弄起來，就只是因爲無聊一時興起。

「愛呀愛呀……」

那抹覆著鳥羽、又像蜘蛛的怪異身影在竊竊私語，她的每一張嘴巴都在說話。

「我愛他，一直都愛著他……」

「爲了他，做什麼都願意……」

「愛呀愛呀，這是愛，這就是美好又扭曲的……」

「愛／欲望！」隨著兩道如同異口同聲喊出的嘶吼，白曉湘雙眼上下竄冒黑線，竟是將眼

睛緊緊縫住。同一時間，前胸的部分撕裂開兩道割口，裡頭猩紅流轉，不祥的紅色眼珠猛地浮躍出來。

瘴的氣息再也隱藏不住，瀰漫了整間屋子。

「愛啊！我的宿主認爲這一切都來自純粹、無私的愛！」不同於白曉湘的沙啞聲音就像是粗礫磨過眾人耳邊，紅眼的瘴彷彿像在與人分享祕密似地低語，「她從國中時就迷戀上那隻妖狐了，噢，她那時候當然不知道他是妖怪，直到大學再見到他、直到我的出現。看我、愛我、注意我，別去看那些婊子，只有我會願意爲你盡心盡力地付出一切。」

「這是如此美味的欲望，我的宿主呼喚了我、接受了我。我幫她實現願望，她讓我吞噬欲望。更棒的是，還有那隻小妖狐的元核。可惜的是，字鬼被你們消滅了，虧我都特地在那公園附近等候了。」

公園附近……一刻的瞳孔凝縮，驀然串聯起更多細節。

柯維安說白曉湘因爲夜唱地點就在公園附近，所以和他們約在離公園不遠的二環集合……見鬼的，她根本不是因爲夜唱才出現在那！

「螳螂捕蟬，黃雀在後嗎……」想通的人還有蔚商白，他低冷地吐出聲音，暗中則是不著痕跡地觀察所有人的距離、位置。

「嘻哈哈哈哈，任憑你們怎麼說都行。小妖狐不需要那麼多力量，他只要乖乖接受我宿主的愛就行。」粗厲的笑聲從多張嘴巴傳出，「愛呀愛呀，那明明就只是赤裸又直接的欲望，卻要用那麼漂亮的字眼修飾它。不過不管是愛、獨佔欲、嫉妒、傲慢，怎樣都好。對我等來說，只有一種是眞實的。欲望欲望欲望——」

「快給我等更多的欲望吧！」

大笑變成了咆哮，白曉湘的聲音和每一張嘴巴的聲音重疊起來，再也分不出誰是誰。

「神使也好、妖狐也好，通通會淪爲我等的食物！更不用說我等已經知道你們這些愚蠢神使的弱點了！」

瞬間，白曉湘八隻腳上的黑絲甩出，她上半身的嘴巴也噴吐出更多黑絲，這些黑色絲線迅雷不及掩耳地衝往多方。

一刻一點也不打算像齊翔宇一樣成爲階下囚，但當他閃避後落地，卻驚愕地發現整間屋子被黑絲分隔成兩個空間，一面巨大的麻密黑網橫隔了中央，同時也拆開了他們這一方的人。

和一刻待在同一邊的是蔚商白，他們面對的是那三名被黑絲纏身的年輕人；另一邊是蔚可可和秋冬語，她們被迫和白曉湘、齊翔宇關在同一個空間內。

「啊啊，這樣好像有點不公平，要讓你們都享受到痛苦才可以。」外貌已經如同異形生物的白曉湘咯咯低笑，她身影忽然一晃，另一抹較小的半透明影子從她身上剝離出來。

那影子穿過黑網，來到一刻和蔚商白面前，轉瞬成了實體。

漆黑的皮膚、斑斕的羽毛、宛如蛛身的下肢，還有那雙猩紅如血的眼睛。

「好了，我也會公平地讓你們嚐受到痛苦，然後在懊悔和悔恨中死去！」體型小一號的瘴咧開身上的每一張嘴，雙眼紅光大熾。

一刻的回答是扯出凶暴的獰笑。

「是嗎？有種就來試試看是誰死吧！」

蔚商白毫不意外一刻會搶先採取攻擊。認識白髮男孩那麼多年，他清楚大學一年級的壓抑生活並沒有磨去對方的稜角和好戰性子。

相反地，正因爲壓抑了足足將近一年，爆發出來的凶狠似乎更甚以往。

鋒利的白痕像月牙般劈斬而出，直直鎖定那名被分化出來的瘴。一刻同時緊追在白痕之後，見第一擊落空，立刻再補上第二擊。

接連的攻勢都讓瘴躲過，它的體型看起來雖然笨重，可是八隻蛛腳卻異常靈活。不只能在地面快速移動，還能以尖端刺入壁裡，飛快地攀爬上天花板。

落空的連兩記斬擊都刻在了牆壁上，迸裂出嚇人的深深裂縫，足見那力道有多大。

然而不論力道有多大，只要沒攻擊到目標，一切都只是白費工夫。

「媽的！」一刻比誰都更要明白這個道理，他收緊握著白針的手，目光狠戾地直視懸吊在上方的紅眼妖怪。

「不是要讓我看看嗎？不過還是先擔心你自己和同伴的安全吧。」瘴不懷好意地眯細眼，倒映在它紅眸中的景象是——

一刻直覺感到危險，反射性扭頭，揮出的白針剛好格擋住當頭砸下的椅子。

下一秒，那個被黑絲纏住、意欲偷襲一刻的年輕人就被另一股力道重重踹飛，手上抓的椅子也摔落在地面。

一刻朝蔚商白點頭表示謝意，不意外見到另外兩人早已東倒西歪地橫倒在另一邊。

正因為如此，他無法明白瘴說的「弱點」以及「先擔心自己和同伴的安全」是什麼意思。那三個受到操縱的傢伙只是普通人類，也沒有突然變得力大無窮。更不用說他們只有三人，和在東城公園時碰上的那一大票，數量上根本難以比擬。

可意外的是，蔚商白忽地開口，「有點麻煩了，宮一刻。」

「靠，你不能加個主詞嗎？誰麻煩了？」一刻咋舌，雙眼沒有離開上方的瘴，以防對方又玩什麼小動作，不時還得分心瞥一下黑網的網眼，好確認蔚可可和秋冬語在另一邊的安全。

那兩名女孩和白曉湘像是陷入僵持，一時間爭戰還沒有爆發。

「我指的是被操縱的那三人。」蔚商白說：「我應該知道『弱點』是指什麼了。」

「什麼？」一刻不得不轉過頭，隨後睜大眼睛。

照理說，該失去意識昏死過去的三名年輕人，居然又搖搖晃晃地站起。他們眼神空洞、表情木然，像一點也感受不到身上傳來的痛。

「事實上，剛想拿椅子砸你的，我之前就擊暈過一次了。」蔚商白這話一出，頓時使一刻不禁脫口爆出髒話。

一刻不是傻子，不會不明白這是什麼意思。假使那三人無論是否還擁有意識，身體都會因黑絲操縱而不斷行動，那就算一刻他們把那三人擊倒再多次也沒用，這不能解決根本問題。

「其實事情沒有那麼複雜的。」瘴用像講悄悄話的語氣說：「有個簡單的辦法啊……用你們神使的武器殺了他們，破開我的黑絲，否則他們會一直一直爬起來，就算氣力用盡、肉體受到傷害，也會爬起來喔。看我多好，還告訴你們怎麼做。但是、但是啊……那也要神使可以殺人類！」

瘴猛地拔高音量，歇斯底里地大笑，「嘻哈哈哈哈！做不到對吧？這就是神使的愚蠢弱點，不殺他們，你們就得被我的傀儡殺死！」

瘴腰間的嘴巴冷不防再吐出黑絲，卻不是針對下方兩名神使，反倒是融入了橫隔中央的黑網裡。僅剩不多的網眼登時被覆蓋，再也沒有一絲空隙能窺得另一端的情況。

蔚可可和秋冬語的身形徹底被隔絕了。

一刻心裡焦急，然而眼下卻也容不得他再分心。

年輕人朝他與蔚商白衝過來了，他們手裡抓著武器——被砸壞的燈具長柄、椅腳，還有不知道從誰身上掉出的小刀——來勢洶洶。

不單如此，天花板上的紅眼妖怪也猛力躍下，八隻腳像大刀般接連抬起，往前戳刺。

受到兩方夾擊，蔚商白毫不猶豫地拽過一刻，和他換了位置。兩柄烙著碧紋的長劍一口氣承接住兩隻蛛腳，沉重的力道逼得他腳步微向後滑退。

「多可愛，讓我將你開膛剖肚！」瘴的另兩隻腳冷不防又高舉，堅硬尖端眼看就要揮下。

「開你媽的蛋！」

白光驟閃，有什麼東西剎那間從半空中掉了下來。

咦？瘴的思緒忽然變得有些遲緩，它怔怔看著高舉的兩隻腳，覺得好像少了些什麼……對了，少了最前端的……

「啊啊啊啊！」疼痛猛地襲捲，意識到雙足前端被削斷的瘴爆出了嚎叫。

「啊，老子忘了你這傢伙可沒有蛋。」一刻冷笑，白針沒有停歇，迅速再往斜上揮劃，另一隻空著的左手則是屈肘往後重擊。

意圖揮刀刺向一刻的一個年輕人被砸上臉部，鼻血登時染紅木然的臉。

那年輕人朝後踉蹌了幾步，與此同時，壓在蔚商白一柄長劍上的蛛腳墜落，一刻方才的那一劃就是斬去了這隻腳。

一眨眼就失去三隻腳的瘴搖搖晃晃，壓在另一柄劍上的腳也潰散了力氣，無法再集中施加壓力。

蔚商白等的就是這一瞬，他的動作快狠準，劍一抽就是飛速斬劃。先卸掉了瘴的第四隻腳，隨即雙劍不留情地戳刺進瘴的下半身，雙手握住劍柄，往下使勁一拉，兩道裂口順勢被拉出，從裂口裡不斷掉墜出來的是大股大股的黑氣。

「還好不是什麼內臟……我操你的！你們他媽的煩不煩，就不能他媽的死到旁邊去嗎！」眼見被自己擊退的年輕人不屈不撓地再度衝上，一刻火大地搶在對方揮下武器前，左手一掌抓住了對方的腦袋，卻沒想到瞬間聽見物體燒灼的滋滋聲響，白煙自他掌下冒出。

「什麼鬼？」一刻連忙收手，頓見那名年輕人的臉上，原本纏附著的黑絲部分燒燬，而他左手無名指上的神紋在發光。

「我本來還擔心就算宰了分身，那三個人的操控也不會解除。不過看樣子，有更好的方法一次解決了。」蔚商白抽回雙劍，任憑瘴歪斜地傾倒身子，一雙紅眼裡的光芒時暗時亮，每張嘴巴吐出的慘嚎漸漸變成微弱的呻吟、哀鳴。他偏頭望著一刻，鏡片後的眼瞳冷靜銳利，「我相信那是你擅長的，宮一刻。」

「那還用說嗎？」一刻咧開凶暴的笑容，左手捏成拳，無名指上的神紋光芒更熾，「動拳頭可是比動針還簡單啊！」

一記凶猛有力的直拳刹那間轟了出去，正中那名臉上被鼻血染得一塌糊塗的年輕人，隨後是第二人、第三人。

每人都被砸上了胸口或肚腹，越來越多白煙冒出，燒灼的滋滋聲不絕於耳。

三具身軀「砰、砰、砰」地倒地，他們雙眼閉上，身上的黑絲就像被看不見的火焰吞噬，轉眼間消失得一點也不剩。

這一次，那三名年輕人真的沒有再爬起來了，胸膛微弱的起伏顯示出他們還保有生命。

「不，等等！住手、住手……」目睹自己的傀儡竟被人以這種方式解決，瘴的臉上湧現驚惶，「殺了我沒好處，我可以幫你們把那座黑牆消除，否則你們也沒辦法立刻到另一邊救你們的同伴。我說真的、我說真的……我怎麼可能說真的！去死吧，神使！」

瘴霍然拍動兩隻手臂嘶吼，斑斕的羽毛如眾多箭矢射出，最好將敵人射得全身都是洞。

面對密集朝向自己而來的攻擊，蔚商白神色不動，眼中堅冷更甚。修長身影立時掠出，手中雙劍左右開弓，鋒銳的羽毛不停遭到擊落，但仍有些在他身上刮出血痕。

無視增加的傷口，蔚商白腳下倏然再一使勁，壓低身勢，整個人無預警地滑過瘴的身下。

四足遭削的瘴來不及立即轉身，只能在下一瞬間迎來背後的另一股痛楚。

蔚商白一劍刺進瘴無防備的後背，緊接著再抓緊暴露在外的劍柄，將自己的身子拔起，復而落在瘴的肩頭上。

「你忘了我朋友說的嗎?有種就試試看是誰死吧。」蔚商白平淡地說,另一柄劍則以與語氣截然相反的狠厲,送進了瘴的後頸。

瘴的紅眼瞠大至極,所有嘴巴張大彷若要吐出尖叫,可是到最後什麼聲音也吐不出來。察覺到身下的軀體正在崩散,蔚商白反手拔出後頸的長劍,縱身躍下。甫一落地,那抹外觀詭異的身影也成了縷縷黑煙散逸。

另一把長劍「匡啷」一聲掉落地面。

蔚商白一張手,長劍化作光束,飛也似地回到他手中,再凝爲實體。

「蔚商白,這些烏漆墨黑的牆破不開。」一刻走近,眉頭緊皺,「我剛試過了,拳頭也不行。應該說可以破壞,但是速度太慢,我們沒那麼多時間。」

語畢,一刻忽地握拳搥上了黑絲之牆。

可以看見輕微的白煙和滋滋聲冒出,但是相對整體而言,這樣的損傷實在太小。

黑絲的阻隔讓另一端的聲音也被擋住,誰也不知道蔚可可和秋冬語現在的情形如何。

「那就從另一個方向下手。」蔚商白當機立斷給了一刻一個眼神。

一刻會意,毫不猶豫地和蔚商白展開行動。

第四章

當白曉湘忽地一個踉蹌，身上橫裂的嘴巴湧出痛苦的尖嘯，宛如受到某種重創，蔚可可愣了一下，捉在指間的箭羽一時忘記放出。她無法理解現在究竟是發生什麼事，因爲她和秋冬語的下一波攻擊都還沒有落在白曉湘身上。

就在大約十分鐘前，黑色的絲線將屋裡分隔出兩個空間，原本黑絲構成的大網上還有網眼，可以一觀另一端的情形。

然而隨著網眼遭受覆蓋，「網」成了貨眞價實的「牆」，一刻和蔚商白的身影也消失在蔚可可的視線內。

黑牆不但遮蔽影像，還阻隔聲音，蔚可可全然無法判斷另一端是不是發生了什麼事。她心裡焦急又慌張，一顆心都繫著兄長與朋友的安危，偏偏她們這一方也危險逼近。

白曉湘就像陷入狂喜的高亢情緒中，大笑和咆哮不停從嘴內發出，黑絲和鋒利的斑斕羽毛前仆後繼地到來，緊迫的攻擊逼得她們只能先連連閃躲。

好不容易逮到一個空隙，蔚可可拉弓就要放出光箭，然而白曉湘卻像受到了一記看不見的無形攻擊。

「什麼？這是怎麼……」蔚可可茫然地睜大眼。同時，堅守在她身邊的纖弱身影則抓緊機會衝掠出去。

對秋冬語來說，她不在乎敵人身上發生什麼，也不會有所疑問，她只知道要消滅對方。閉攏的蕾絲洋傘如同一柄利劍，快如閃電地要直取白曉湘心頭。

縱使那裡有隻眼睛橫在上頭也沒關係，直接連那隻眼睛一併扎刺下去。

眼見傘尖即將接觸紅眼，說時遲、那時快，兩束黑絲飛快自兩方襲來，立時捲住了那把蕾絲洋傘。

「趁機使小手段是行不通的！就算我的分身消滅，我也不會輸給妳這個婊子！」白曉湘兩隻蛛腳猛力抬起，尖利的前端就要將秋冬語的身子箝住，進而刺出兩個血窟窿。

千鈞一髮，三支碧綠光箭破空射來。

「放開小語，妳這醜不拉嘰的怪物！」蔚可可弓弦上又是三支光箭成形，她沒有猶豫地鬆手、放出，繞著白曉湘龐大的身形奔跑，只不過是幾個呼吸間，新一輪利箭攻擊又瞄準對方。

面對接二連三的多波箭勢，白曉湘紅眼猩暗，一隻前足一揮，將秋冬語打出，被黑絲纏緊的蕾絲洋傘也被扔甩至牆邊。隨即白曉湘身上的每張嘴巴再張開，從中竄出多束黑絲。

這些黑絲就像一隻隻的手，抓住了那些光箭。但瞬間，白煙和滋滋聲響冒出，黑絲被燒燬，然而光箭也被偏離了角度，盡數撲空。

「小語！」可是蔚可可並不在意攻擊落空，她快步奔向秋冬語，搶在那具纖弱身子落地前，用自身當了墊背，接走了所有的衝擊力道。

雖然秋冬語沒有多受損傷，不過蔚可可則必須強忍著痛呼，免得讓人擔心，畢竟秋冬語外表瘦弱歸瘦弱，但終究是成年女子，還是有著一定的重量。

「可可……」秋冬語一發現自己壓在蔚可可身上，就算腦袋還有些暈眩，還是立即先翻身，將所有重量移至地上，「有沒有事？」

「咳……呃。」蔚可可硬生生將呻吟轉成其他不會被人懷疑的聲音，她深呼吸，幾次試著伸手想拉著秋冬語一塊坐起，「我沒事……小語，妳還好嗎？有沒有……啊啊啊啊啊！」

蔚可可猛然煞白了臉，再也壓抑不住的哀號從喉嚨衝出，然而卻不是因爲之前幫忙接住秋冬語的緣故，而是另一股……另一股更可怕的尖銳刺痛在她背後爆開，遊走她的四肢百骸！

「可可！」秋冬語飛快撐起身體，大力抓住蔚可可的手臂，和她往後跌退。

蔚可可的後方，正是齊翔宇被囚禁的黑絲之牢。

高大的青年抓著電擊棒，放電端的位置正因爲他壓著電擊棒開關，不斷地產生電弧光以及爆擊聲響。

他邊粗喘著氣，邊擠出笑，「哈……活該，活該！那女人活該！我早說不會讓她好過的！都是她的錯，還有冬語妳的錯……妳不妨礙我，乖乖任我爲所欲爲，不就什麼事都……！」

齊翔宇異常亢奮的聲音戛然而止，他瞪大眼，滿臉驚恐。一隻蒼白的手正緊緊掐住他的頸項，而且手指還在不停收攏。

秋冬語面無表情，纖細的手臂穿過黑絲間的縫隙，一舉將齊翔宇離地提起。

「嗚嗚嗚！」齊翔宇拚命踢腳掙扎，感覺到能吸入的空氣越來越稀薄。他使盡力氣再按下電擊棒開關，再用力壓在秋冬語的手臂上。

可是，預期中的反應沒有出現。

曾經成功電暈對方的電擊棒，這次像失去了作用。

怎麼可能……齊翔宇不敢置信，就連蔚可可也飽受疼痛，只因著神使之力才讓她沒有陷入昏迷……

齊翔宇奮力轉動眼珠子，視線往下移，然後他臉上的不敢置信變成駭然，雙眼暴突。

在應該覆著蒼白皮膚的手臂上，竟閃動著不明顯的奇異光澤。

紅色的，血紅色的，宛若結晶般的硬質物體，就像鱗片分布在秋冬語手臂上。

她不是人類，不是神使，她到底是……

「妳到底是……什麼東西？」齊翔宇驚恐地發出接近嘶氣的呻吟。他雖是修煉未滿百年的妖狐，可是就算是從自己的父執輩或族中長老們的口中，也從不曾聽聞過有何種妖怪符合秋冬語身上的這種怪異特徵。

秋冬語的黑眸毫無情緒，像是玻璃鏡反映一切。但就在她準備再次加重手勁的刹那，一聲極力壓抑的痛苦抽氣聲驚動了她。

秋冬語即刻鬆手，一扭頭，卻見到令她瞳孔急遽收縮的畫面。

白曉湘不知何時接近了蔚可可，無聲無息地一把抓住暫時無力反擊的她。

「好了，別輕舉妄動，否則我就讓這婊子腦袋開花。」白曉湘身上所有嘴巴拉開得意冰冷的笑，她的下半身恢復了人形，龐大的體型也縮得與常人無異，一隻覆著斑斕羽毛的手橫過蔚可可的頸項前，粗暴地壓迫著她的喉嚨。

蔚可可臉蛋蒼白如紙，豆大的冷汗分布在她額際，就連嘴唇也沒了血色。

在秋冬語印象中，總是像小動物般活力充沛的鬈髮女孩，眼下卻虛弱得站也站不穩，方才無預警的電擊給她帶來不小的傷害。

「放開……她。」秋冬語舉高洋傘，傘尖直指白曉湘。她感覺到自己的語氣還是一樣平板，可是胸口卻有團陌生的火焰越燒越烈，她從來不曾有過這樣的感受。

那是什麼？那是……

「放開她？嘻哈哈哈哈！爲什麼？吃掉神使，就能替我帶來更強大的力量！」白曉湘的一張嘴伸出舌頭，舔上蔚可可的臉，後者忍耐不住驚嚇，瑟縮了下，「我的宿主也在叫我趕緊這樣做……愛呀愛呀，她愛著那隻小妖狐，不容許有誰不順他的意。」

「啊啊，翔宇，我愛你……」

「我願意爲你做任何事……」

「這是愛……是愛呀愛呀。」

諸多呢喃從橫裂在黑色皮膚上的嘴巴飄出，不同於粗厲低啞的聲音，那些是白曉湘原本的聲音。

「我、我也愛……我也愛妳，曉湘！快殺了她們兩個！」齊翔宇顫抖著聲音大吼。

「那才不是……什麼愛！」即使被挾持住，蔚可可仍奮力高喊：「那只不過是扭曲至極、連感情都稱不上的醜陋欲望！」

「醜陋？」

「她批評了我和翔宇的愛！」

「她污辱了我們的愛！」

嘴巴在尖叫、在咆哮。

「不可原諒、不可原諒，吃了這爛貨！」

「吃掉神使！」粗厲的聲音亢奮大笑，臉上的嘴巴竟開始移動，最後匯聚一起，成了一張佔去半邊臉的可怕大嘴，「吃吃吃——」

磅！砰！突如其來的劇烈聲響撼動了整間屋子，鑲有對外窗戶的一面牆轟然倒塌了半邊。

「什麼！」白曉湘警覺地怒吼。

煙塵瀰漫中，人影隱約浮現。

「什麼？」有人說話了，「什妳去死吧！妳他媽就只是個垃圾！」伴隨著這道凶暴的喊聲，一抹熾亮白光比人影還要更快地現身。它快如流星，迅雷不及掩耳地逼近白曉湘。

「怎麼可……怎麼可能！」白曉湘哪認不出這聲音，但這聲音的主人應該被她困在屋子另一邊才對。

面對距離越縮越短的鋒利白針，白曉湘急急抓著蔚可可避閃。然而她沒想到剛退至另一方，一道堅冷男聲卻落於她耳畔。

「比起破壞那面黑牆，從外破壞屋牆要簡單多了。妳的手我要了，妳是什麼東西，居然敢抓我妹當人質？」

蔚可可睜大眼，是她哥！

白曉湘不知道另一名高個子神使叫什麼名字，不過，那不重要，重要的是躲過那兩柄如鬼魅欺近的碧綠長劍！

「滾開！」白曉湘臉上的大嘴霍然一張，噴吐出數也數不清的黑絲，一手迅速一揚，斑斕的大量鳥羽就像一陣密集之雨般射出。

「蔚商白！」一刻眼明腳快，立即踢上剛好就在附近的長桌，使之滑衝向蔚商白的前方。

蔚商白抓住桌腳翻轉，瞬間讓桌子成了遮擋全身的屏障。

但這已替白曉湘爭取了時間。她不是傻子，她可以先找地方吃掉手上的神使，擁有更強的力量，就能再回頭把剩餘的神使都吞吃殆盡！

只不過白曉湘將戒心都放在一刻和蔚商白身上，一時竟忘了屋裡還有不同於神使的存在。

「我說了……把蔚可可，還來。」輕巧冷淡的女聲彷彿才剛落下，鋒銳的傘尖已像閃電般欺來。

「煩死人的傢伙，煩死人的小蟲！去死吧！」白曉湘的身形倏然又漲大，黑絲盡吐，猛力捲住蕾絲洋傘，一把砸向牆邊。緊接著一隻手臂上的羽毛盡褪，那隻漆黑手臂變形成堅硬銳物，形如尖槍，狠之又狠地直刺向秋冬語來不及收回的手掌。

那隻蒼白、可憐、纖細的手臂承受不了這一擊，肯定當場爆得血肉橫飛！白曉湘堅信著。

「小語！」

「秋冬語！」

屋裡的尖叫和大吼像要重疊在一起。

漆黑手臂的尖端抵上秋冬語的掌心，沒有人能阻止，誰也來不及阻止。

秋冬語的眼中倒映著白曉湘得意瘋狂的表情，眼前飛閃的卻是其他畫面。

「喂！你是什麼意思？沒看見小語不願意嗎？」

「因爲我擅自看了妳的學生證，所以讓我也自我介紹一下。我是西華大學外文系一年級的蔚可可……」

「但是，很厲害的事就是眞的很厲害啊！」

「小語！」

蔚可可氣沖沖保護自己的模樣，蔚可可活力十足的笑容，蔚可可眞心地誇獎了自己……

但是，白曉湘和齊翔宇居然這樣對待她……不能原諒，也不想原諒。

秋冬語終於明白盤踞胸口的火焰是什麼，那是——憤怒！

瞬間，白曉湘勢在必得的得意表情凍住，駭恐躍上了她的臉和紅色的眼。她的手臂尖端明明刺上了秋冬語的掌心，可是血肉炸裂的畫面不但沒有出現，相反地，預想之外的堅硬感覺橫堵在前方。

長髮女孩的蒼白皮膚閃動著不明顯的異常光芒，一瓣瓣血紅結晶轉眼自她掌心擴散，分布在她的手腕、手臂。

饒是一刻、蔚氏兄妹也愣住了。他們是神使，但他們卻不知道該怎麼解釋眼前的情景。

「妳是什麼……妳是什麼……」白曉湘感覺到自己就像拿著鉛筆去戳刺一堵鐵牆，承受不住的一方變成了自己。一條條裂縫伴隨著疼痛從她手臂尖端擴散開，她瞪突了眼，歇斯底里地尖嘯出聲：「妳到底是什麼東西——」

在高亢恐懼的尖喊聲中，漆黑的手臂轟然碎裂，大大小小的碎塊飛散，再砸落地面。

秋冬語白瓷的臉蛋還是沒有任何表情，她張手抓住飛來的蕾絲洋傘，速度疾如風，飛衝上前。

「我是何物？我是人？非。我是半？非。我是妖？不知。我不知我爲何，我只知，蔚可可是我朋友，妳傷她我就殺妳。」

當平靜、無起伏的最後一字落下之際，秋冬語的蕾絲洋傘也已如利劍一般，就要直取白曉湘的咽喉。

——如果不是白曉湘急遽縮小體型，將蔚可可擋在身前作爲了擋箭牌。

秋冬語的傘尖只能硬生生停住。

「來啊！不是想給我致命的一擊嗎？只要刺穿這名神使的身體，就可以輕易辦到了！但是，不單這名神使會死，就連我的宿主也會喪命！」白曉湘扭曲微笑，紅眸殘忍，「妳不是神使，沒辦法殺了我還救得了我的人類宿主！快動手，快動手！只要妳有膽動手！」

「小語不是神使，但我是。」脖子還被緊緊扣住的蔚可可說。她深吸一口氣，感受到電擊的餘威終於退去，意識可以好好地集中。她看不到身後白曉湘驚愕的表情，她只知道一件事，

「不要以爲……人質就不會反抗！」

淺綠神紋瞬間一閃，蔚可可抓住平空浮現的三支碧色光箭，毫不遲疑地猛力往身後人刺下，直至僅留箭羽暴露在外。

白曉湘作夢也沒想到，最後給她致命一擊的人，居然是她以為不會有任何威脅的蔚可可！難以忍耐的劇痛從光箭刺入處爆發開來，蔓延全身。白曉湘鬆開了手，搖搖晃晃地向後退，身上每張嘴巴都在痛苦悲鳴。

「可可！」秋冬語扔下傘、奔上前，扶抱住臉色依舊蒼白的蔚可可。

蔚可可下意識緊緊抓著對方的手，眼眸驚魂未定地看著白曉湘。

倏然間，一道碧光掠閃，白曉湘僅存的那隻手臂掉落在地。

「我之前說過了，妳的手，我要了。」蔚商白平淡地說，將另一把還留在手上的碧綠長劍直接刺入黑色身軀上的一張嘴巴裡，「還有妳的嘴，太吵了。」

「啊啊啊……」白曉湘，或者說紅眼的妖怪跌跪在地，嘶嚎出不成調的尖叫：「我不……我不會死……我不會就這樣死去的！」

猩紅眼瞳內就像迴光返照地驟然一亮光芒，然後閉上。

同時間，另一雙眼睛上的黑線盡數斷裂，佔去半邊臉上的大嘴中有什麼在鑽爬出來。

那是黑色的，像是影子又像是霧氣的存在。它的外形有如裹著一件暗黑斗篷，臉部的地方一團模糊，僅有兩簇微弱的猩紅光芒。

「那是……什麼？」蔚可可茫然地問了，那和她以往知道的瘴完全不一樣。

當那抹黑影一脫出，倒在地面上的漆黑身軀也逐漸改變外觀。

轉眼間，躺在那的就是一名短髮高挑的女孩子。

是回復原貌的白曉湘。

瘴一點也不在意它捨棄的宿主，它快死了、快死了……它不想死、它不想死……

「呼喚我、接受我……神使們不會放過你的，他們不會饒你性命的！齊翔宇！」瘴咆吼，朝齊翔宇的方向伸出手。

齊翔宇面前的黑絲之牢早已消失，他驚恐地緊貼牆壁，但瘴的字字句句還是鑽進耳裡，爬進心裡。

神使們不會放過你……你會有淒慘的下場……

沒了元核，你只是太過弱小的妖怪……可憐、可憐吶，你明明沒做錯事……

對喜歡的人爲所欲爲，只不過是正當欲望……愛呀愛呀，這是愛哪……

沒有力量，你反抗不了他們的……

「所以呼喚我、接受我，我會給你力量……而你必須向我展現你的欲望！」瘴的咆吼變成了狂笑，它黑色的身影像旋風般衝出去，因爲它看見了欲線，小妖狐的欲線在生長著，「再多一點、再多一點！讓你的心開出空隙，讓我進去！」

齊翔宇看不見自己身上是否冒出欲線，他離開牆壁，拚命地伸出手。他要力量，快給他能和這些可恨神使對抗的力……

「去你老木啊！你要去的地方就只有去死！」

猝不及防，一記凶暴的拳頭從上轟然砸下，橘光在手背上瞬閃，將瘴一同砸進了地面。地板向下凹陷，瞬間往四周迸裂出如蛛網的裂痕。

一刻慢慢抬起頭，那雙直盯著齊翔宇的眼睛戾氣四溢，竟比野獸還要像野獸。

齊翔宇雙腿一抖，頓時驚懼地一屁股跌坐回去，方才的渴望煙消霧散，留在心底的只有無盡的畏怕。

一刻收回拳頭，在地面凹陷處的中心只有灰燼般的存在。

下一秒，連那點灰燼也化爲烏有……

瘴徹底被消滅了。

「別以爲接下來就沒有你的事了。」一刻嗓音森寒，全身散發著駭人氣勢。

「咿……」齊翔宇慘白臉，拚命貼靠牆壁，想拉開彼此的距離。隨即又像猛然想到什麼，一個激靈，立刻俯身趴在地上。他看不見欲線，但只要還有一點的話……欲線一旦碰地，就能吊起瘴！

「快來啊！我的欲線還在吧？我的欲線碰地了吧！」齊翔宇歇斯底里地拍打地面，「瘴不是該出現了嗎！」

「喂喂喂，別逗我笑了。你的恐懼壓過欲望，欲線早就全縮回去了。別說你躺著，就算你脫光衣服想讓欲線碰地，欲線不夠長，那小不拉嘰的欲望可引不起瘴的興趣。」

說話的不是屋裡的任何一人，那道女聲低啞如金屬刮搔。

除了齊翔宇外，一刻等人都聽過那道聲音。

「張……」

「亞紫小姐!?」

一刻下意識轉頭剛開口，蔚可可就先吃驚地喊了出來。

「還沒收到你們的消息，所以我就先過來了。」一抹高挑人影就佇立在一刻和蔚商白聯手破壞的缺口前，那綁著挑染成金色高高馬尾、雙腕露出刺青的褐膚女子踩著高跟鞋，大步俐落地走了進來。

喀喀喀的敲擊地面聲，像也能敲進人心。

張亞紫環視屋內一圈，看見另一旁失去意識的白曉湘，心裡頓時大約有了底。她走至蔚可可和秋冬語身邊蹲下身，素來充滿稜角的臉部線條轉爲溫柔。

她說：「可可，讓妳和冬語碰上這種事，很抱歉，讓妳們受委屈了。」

「不是，我沒受什麼委屈，我還幫忙打倒瘴，眞的不用擔……咦？」蔚可可的話語一頓，對張亞紫露出的元氣笑臉轉為困惑。她怔怔地看著落下的水珠，再撫上自己的臉，那裡一片濕漉。

「我……我……」蔚可可就像無法控制自己的眼淚，她慌張地用手背擦拭，可是淚水卻越落越凶。

「可可，妳已經……安全了，毋須再忍耐。」秋冬語輕聲地說。

就是這句話，讓蔚可可一直極力壓抑的害怕、恐懼爆發。她是女孩子，碰上那樣的事，怎麼可能真的不害怕、不畏懼？

蔚可可發出一聲短促的哽咽，隨即抱住秋冬語放聲大哭。

秋冬語回抱自己的朋友，看著自己異變的手臂，如今只剩幾片紅色結晶在上面。她又抬頭直視張亞紫，「我不會感到……委屈，但現在心裡酸酸苦苦，這是老大說的……難過嗎？可可在哭，我覺得難過……我好像，也有人的情緒，可我還是不知……我是什麼。」

「我們也還不知道，但是胡十炎會幫妳一起找出答案的。胡十炎是帶回妳、撫育妳長大的人，他已經將妳視作他的孩子，他會幫妳的，還有妳的朋友也會。」張亞紫說。待她再度站起，那絲溫柔也消失。她筆直地走向齊翔宇所在之處，手一揮，示意一刻和蔚商白退到旁邊。

「就算你有了欲線，瘴也不會過來的，齊翔宇。我在外面圍了一圈結界，它們可討厭死那味道。」張亞紫單手扠腰，一雙鳳眼凶猛銳利，渾身散發震懾人的強大威壓，「毛都沒長齊的小妖狐也敢賣弄小聰明養字鬼，還弄出了天使蛋，你眞當繁星市是任你撒野的地方嗎？你房間的所有設備我們先扣押了；至於你，我的建議是趕緊想辦法讓自己昏死過去吧。接下來的事，你不會想要清醒地面對。」

「什……妳想做什麼？你們不能對我動用私刑！」齊翔宇面無血色、聲音發顫，他試圖挽回局面，所以結結巴巴地擠出話，拔高的聲音就像是尖叫，「你們會後悔的，你們一定會後悔！我父親可是認識大妖怪六尾妖狐……他可是認識妖狐一族的族長，胡十炎！」

只不過齊翔宇沒料到的是，聽見這番話，他面前的馬尾女子反倒是露出一抹凶猛如肉食性生物的獰笑，同時一腳抬起——

「六尾妖狐？小子，你口中說的『大妖怪』，還得尊稱我一聲帝君，文昌帝君！」

——重重地踩踏在他胯下！

齊翔宇這次是眞的痛暈過去，並且巴不得自己永遠別再醒過來了。

第五章

一雙眼角勾揚的鳳眼驀地睜開來。

墨黑的眼珠裡沒有一絲迷茫，只有無盡清醒。

感受著分身力量回歸的充盈感，張亞紫握了下手指，環視一圈自己所在的環境。

寬廣的房間裡，淨是無數的電子螢幕環繞於壁面上。有的一片黑暗、毫無動靜；有的浮現畫面，冷光隨著閃動，將這個沒有開啓主燈源的空間照映成微冷色調。

而在冰冷光鑑的石面地板上，則是散落著大把的電線。那些電線一捆捆地交錯在一起，往上分別接連於各方電子螢幕，往下是沿著地板攀爬，最末端不知埋於何處。但它們身上卻都纏附極細的絲線。

那赫然是一根根黑中帶金的髮絲！

髮絲的主人不是別人，正是坐在房間唯一一張椅子上的張亞紫。她的頭髮還是綁成一束高馬尾，只是長度不知增加了多少，才會垂散地面，宛如蛛網般往四面八方伸展，與電線接連一起。

在這簡直如同是監控室的冰冷房間裡，坐在椅上的長髮褐膚女子就像是據地於此的王。

張亞紫又慢慢地張握一下手指，隨著她的這個動作，那些和電線纏繞的髮絲縮短長度。不消一會兒，又回復到及腰長度。

張亞紫瞄了眼腳上的高跟鞋，先前踩在某種物體上的感受似乎還殘留在上頭，她踢掉鞋子，光著腳站直身體。

「總算，還是回到真正的身體舒服。」張亞紫伸伸懶腰，活動筋骨。

明明在棋山不過是數十分鐘前的事，可或許是分身重新回歸的關係，令人忍不住生出那種時間倒錯的恍惚感，彷彿已歷經數日。

張亞紫抬眼，望向其中一面電子螢幕，上頭顯示出的是那幾名年輕孩子的身影。他們的四周還有其他人忙碌地來來去去，不是在搬抬著人，就是在做善後的工作。

在毫不留情一腳踩暈了齊翔宇之後，張亞紫就將現場留給和她一同到場的公會人員處理。至於一刻等人，則被她勒令回去休息，接下來的事並不是他們這些孩子該操心的。

只不過此刻從螢幕上的畫面來看，就可以知道他們沒有照做，人還留在現場未離開。

「改天得教教那群小鬼，什麼叫乖乖聽大人的話了。」張亞紫露出肉食性動物般的危險笑容，接著步步走向對外窗口。

由於還是深夜時分，外頭被黑暗籠罩著。從上俯視下去，還可以見到路燈的水銀色光芒正盡責地照耀著一切。

張亞紫的眼中倒映出空寂的街道，零星停在路邊的機車，還有那一間間鐵捲門盡數拉下的店面。

張亞紫從這個位置看著世事變化已久——這周遭曾經是田地，然後房屋蓋起，然後人潮聚集，一棟棟大樓林立。終有一天，這幅景象又會再改變吧。

張亞紫勾起唇角，隨即發現到窗外似乎有微光閃動。她的臉上沒有出現一絲意外，反倒好整以暇地倚著窗，繼續觀看她早已見過無數次的變化。

微光刹那間分散成點點，再猛一晃動，該是空無一物的夜空中竟有如水面震動，一波波漣漪擴散，形成了一層光滑的薄膜。

張亞紫可以看見自己所在的建築物影像也反映其上，那是一幢看似老舊的灰色大樓，外牆遍布各家補習班的廣告看板。

但隨著夜色中的漣漪再一震顫，光膜上的倒影改變了。

大樓磅礡新穎，金屬灰的光澤覆蓋其上，原本的「銀光大樓」四字也扭曲成了——神使公會。

「『呑渦』的空間和結界還是一如往常的堅固哪。」張亞紫吐出讚美，收回視線。她對著偌大的空間一彈指，瞬間有三團橘色的毛球不知從哪裡翻滾了進來。

不對，那不是什麼毛球，當「它們」的身體一伸展開，就會發現那是三隻橘紋小貓。

小貓們再往前一打滾，轉眼竟成了三名身高相近的矮小男童。頭長貓耳，臀後是一條長長的貓尾巴，就連可愛的臉蛋看起來也是極爲相似，宛如三胞胎一樣。最能讓人分辨的，或許就是他們身上顏色不同的衣衫，紅黃綠三種色彩像是漸層般在衣上由淡轉深。

「甲乙。」穿著紅衣的小男孩說。

「丙丁。」穿著黃衣的小男孩說。

「庚辛。」穿著綠衣的小男孩說。

「隨時等候帝君大人的差遣！」三人有志一同地屈膝蹲下，背後的貓尾巴像是抑不住興奮地晃動了一下。

「甲乙、丙丁。」張亞紫又一彈指，「去通知胡十炎和安萬里準備開會，我知道他們早在等我的消息。」

「喵，遵命！」兩名貓孩童異口同聲說。恭敬行完禮，兩條影子動作飛快地竄躍出房間。

「庚辛，楊百罌和山精那次事件已經分析完畢，將資料整理好，我們前往『壹間』會議室。」張亞紫再下達另一項命令。

「喵，是！」最後一名貓孩童眨眼也消失無蹤。

張亞紫知道不用數分鐘，神使公會各部門的幹部就會集中在壹間會議室。他們一直都在等待，等待她的消息。

張亞紫仰高頭，目光緊盯著另一面電子螢幕，上頭的畫面並非即時的，那是已經發生過的事。

畫面上，醜惡的黑氣宛若一支筆直的箭矢，全速衝向褐髮貌美的女孩……

「汝等是我兵武，汝等聽從我令，明火！」

黑氣消失，原先垂掛在褐髮女孩心口前的黑色細線也消失……但就在下一剎那，女孩抬起眼，眼珠不再是烏黑，而是不祥的猩紅。

假使一刻等人在場的話，那麼他們一眼就能認出，那正是之前楊百罌遭到瘴寄附的場景。

「沒有等欲線碰地，卻能夠吞噬人心的——瘴嗎？」張亞紫瞇細眼，目光深沉凌厲。

不再多看房間裡的電子螢幕，張亞紫大步邁出房門。當她前腳甫一踏出掛有「監控室」名牌的房間，身上的休閒褲裝也轉瞬發生改變。

暗青色的刺青清晰顯露於光滑褐色皮膚上，手腕、小腿皆有分布。宛如諸多長條布料接連的裙襬垂落於膝頭附近，從及腰增長至腳踝的長髮飄晃，夾雜在黑色中的金艷像是流光閃耀。

恢復眞身姿態的張亞紫一閉眼，身影即刻消失於情報部隸屬的樓層。

再一出現，人已來到了壹間會議室前。

毋須動手，對開式的黑木門板自動向後滑退，從中流洩出光線和人聲。

待張亞紫舉步踏入那佔地大得不可思議的會議室內，頓時一片鴉雀無聲。

圍坐在長桌前的所有人都站起，尊敬行禮。他們的外貌大多異於普通人類，但也有看似和尋常人無異的存在。

而坐在主位的黑髮金眼男孩，和站於他身後的文質彬彬男子，則是以點頭代替了行禮。在這神使公會中，也唯有身爲會長的胡十炎，和副會長的安萬里有資格這樣做。

「妳好啊，帝君。今晚的事，勞煩妳了。」胡十炎直起身，單手揹後，不常外露出來的六條黑色狐尾輕輕擺晃，「齊翔宇的事就由我來處理吧，畢竟是同族中人。不過我相信，妳已先給過一些適當的……教訓。」

「我得說，在半夜踢爆雄性生物的蛋是挺有意思的一件事。」張亞紫勾起凶猛的笑容，像是沒察覺在場泰半男性成員都不禁肩頭一縮，雙腳一夾緊。

「哎呀哎呀，帝君不愧是眞漢子，不愧奴家如此愛慕。」坐在右方的一名紅衣女子嬌媚地說，嗓音甜膩得像能滴出蜜。

「說什麼漢子？帝君大人明明是女兒身，妳這開發部的妖女，別把不潔的心思放在帝君身上！」立刻換左方的一道灰影蹦跳了起來，聲音粗啞，卻也難分男女。

「唉喲，我是妖女？那特援部的你又是什麼？不男不女？」

「妳！」

眼見這兩人要先口頭上爭吵起來，安萬里輕咳了一聲。

「好了，紅綃、灰幻，我相信你們對帝君的愛是有目共睹的，不過，是否能先回到正事上呢？」安萬里笑吟吟地說，碧眸微瞇，語氣像是有禮詢問，但那微笑的表情卻讓兩名男女迅速閉上嘴巴，只是坐下前不忘各給對方惡狠狠的一眼。

「齊翔宇的處置我不會插手，胡十炎，就由你自己去定奪，我對妖狐族的內務沒興趣。」

張亞紫像是早已習慣這場面，若無其事地將話繼續說下去，「至於白曉湘，爲確保萬一，我抹去她的部分記憶，齊翔宇在她的腦海中只會變得一片模糊。當然，自願和瘴共惡的人，終會付出代價。他們的事日後再談，我們今天的重點是另一個。」

「那些異變的瘴，對嗎？」安萬里溫聲開口，「甲乙、丙丁和庚辛已經把東西都準備好了，就等帝君妳來主持會議。」

「喵！」

「交給我們辦事！」

「絕對可以放心！」

穿著不同衣衫的三名孩童不知又從哪竄了出來，個個抬頭挺胸，一臉自豪。

「我們三貓的目標，就是要像老大一樣，成爲優秀的狐狸！」

咳噗——會議室中也不知道誰剛好在喝水，一聽見這番宣言，登時全噴了出來。

同時間，還有數道聽起來乾巴巴的咳嗽聲此起彼落地響起。

「完了完了……繁星市的貓真的沒希望了……得叫我女兒把自己的貓看緊點，免得慘遭洗腦……」有人縮著身子，低聲碎碎唸著。

「惠先生，我好像聽見你在說話？」胡十炎笑得無邪爛漫，就像鄰家小男孩。

可就這句問話，頓時讓那道人影飛快挺直腰桿，「報告會長！我對你的仰慕如滔滔江水，剛說話的一定不是我！所以拜託不要砍我們警衛部的預算！」

「嗤，你是對預算的仰慕如滔滔江水吧？你，坐下，我沒那麼閒砍那種東西，讓日、夜班警衛都窮到脫褲。好了，還有誰有什麼意見嗎？」胡十炎眉眼一挑，天真的微笑勾揚起來，可一對金黃的眼睛分明是笑意全無地睨視著全場部門人員。

他們大多是妖怪，將這棟大樓也當成了宿舍，當然也有部分是剛好留宿在這的神使。

面對六尾妖狐皮笑肉不笑地釋放威壓，那些修行和年歲尚比不上他的妖怪們哪可能公然表示，尤其剛又瞧見警衛部的大頭身先士卒地做了示範。

「唉，就說你可是誤導慘本市的貓了，十炎。」通常敢當面直言不諱的，就只有年齡比胡十炎大的安萬里。他搖搖頭，傷腦筋地嘆息，「看看，連甲乙、丙丁、庚辛都要堅信自己可以變成狐狸了。與其教他們這些有的沒的，倒不如多看一些索娜天使演的好片，你覺得女教師系列怎樣？火辣得很呢。」

——副會長，你這才叫亂教有的沒的吧！會議室各部門成員的內心一致吐槽。

「別扯遠了，誰再離題，我就踢誰屁股。胡十炎、安萬里，包括你們兩個。」張亞紫用指關節敲敲會議桌，鳳眼含帶威獰，表明著她不是開玩笑。

胡十炎一皺眉，他都六百多歲了，可沒被人踢屁股的興趣。更別說那名堂堂帝君大人一踢，估計能把人踢到牆的另一頭去。

「甲乙、丙丁，把帝君交代你們的事做好。」胡十炎一揮手，兩名小貓妖馬上依言照辦。下一瞬，一面巨大螢幕放下，甲乙、丙丁協力操控著投影設備，庚辛負責抱著一台筆電敲敲打打。

「我把山精和百魂那兩次事件錄到的影像，做完了分析和整理。」張亞紫抱胸佇立一旁，雙眸看著螢幕上的播放畫面。

螢幕的畫面被分成兩格，不同的人物、不同的場景，卻都有著同樣的紅眼怪物。不祥、猩紅如血的眼睛，那是癉的眼睛。

壹間會議室眾人靜默，視線專注地盯著螢幕，就怕一閃神會錯過分毫。

「他不選妳！他要的神使不是妳！楊百罌！」

「我讓你吃了她，條件是你必須向我展現出你的渴望、願望，你的欲望！」

綠髮紅眼的小女孩在尖聲高笑，宛如裹著斗篷的紅眼生物興奮咆哮。

然後——

「什麼!?」饒是胡十炎也面露錯愕，不由自主地站了起來，雙眼瞬也不瞬地瞪著不同時間、地點發生的影像。

「那該不會是……」素來一派溫和、鮮有其他情緒的安萬里亦是微睜大眼，他推扶鏡架，像是要確定自己沒有眼花看錯。

不，他沒有看錯。他確實看見了楊百罌和百魂妖怪的心口處，有什麼在快速鑽冒出來，伸長、再伸長。

那是黑色的線，那是……

「欲、欲線!?」開發部的紅綃失口喊出，妖媚的容顏染上震驚。

與此同時，一片譁然再也控制不住地蔓延開來，會議室裡騷動不已，不時有人交頭接耳。

張亞紫舉起手，原本進行中的畫面立即停止，定格在褐髮女孩與百魂妖怪生長出欲線的瞬間。

張亞紫自是知道現場的驚駭愕然源自於何處。

不是因爲楊百罌和百魂妖怪長出了欲線，而是因爲他們「看得見」欲線。

除了神以及神使，一般妖怪和人類是無法看見欲線的存在的。

「所以我剛不是說了嗎？我做完了分析和整理。」張亞紫緩緩地說，聲音低啞如金屬刮搔。她單手扠腰，背脊筆挺，「要是你們沒辦法看見欲線的話，那這會議也開不成了。你們現在看到的畫面，是經過後製的。我把我所能見到的，讓你們也看到。庚辛，將畫面放大，固定在楊百罌和百魂的心口上，然後用慢速播放我標記出的時間軸。」

「喵，明白！」穿著綠衣的庚辛馬上執行命令。

這一次，所有人都清楚無比地見到，當欲線生長大半，卻還未碰地的時候，左右兩邊畫面上的瘴已然飛竄向褐髮女孩和百魂妖怪的心口。它們越靠越近、越靠越近，接著……

它們鑽了進去！

先是前端沒入，再來是擠入的部分越來越多，最後消失無蹤。

褐髮女孩和百魂妖怪的欲線停止生長，隨後散逸，化為烏有，彷彿不曾存在過……

可是會議室裡的公會成員們卻不禁要倒抽一口氣。他們目睹了瘴入侵宿主的體內，在欲線壓根還沒碰地的情況下，這完全顛覆了他們以往的認知。

瘴是吞噬人心的生物，它們追尋欲望具化成的欲線。一旦欲線碰地，便會咬住欲線，離開地底，入侵欲線主人的身體裡。

他們以為這該是不會改變的一個規則。

「很顯然地，規則改變了。我們還不能確定是不是全部，但是有些瘴產生異變，這是不容懷疑的事實。」張亞紫一掌按上桌面，鳳眼像猛禽般盯住眾人，「聽清楚楊百罌接下來說的，把那句話牢牢地給我記下來。庚辛，調回原來速度。」

慢動作般的畫面轉瞬間回復正常，左邊的褐髮女孩低垂著頭，先是一動也不動，接著慢慢抬起頭，雙眼猩紅如血，笑容歪斜惡毒有如不祥的新月。

「我不是說了嗎？小心不要露出心靈的空隙，否則很容易被我們——鑽進去！」

那無預警增大的音量響亮地迴盪在會議室內，一些沒防備的貓系或犬系妖怪驚得差點炸起一蓬毛。

「庚辛！」穿紅衣和黃衣的甲乙、丙丁異口同聲地回頭吼道，他們也是嚇到炸毛的人之一，尾巴還豎得高高的。

「喵，不小心……不小心按錯鍵了。」庚辛垂下兩隻耳朵，尷尬地刮刮臉。

「空隙？鑽進去？」胡十炎像是猛然想到什麼，立即吩咐道：「庚辛，倒帶到瘴入侵的畫面，定格，放大再放大。」

「咦？喵，知道了，老大！」雖然不明所以，但將胡十炎視爲偶像的庚辛二話不說地倒回影像。

很快地，依照胡十炎要求的畫面呈現在螢幕上。

「帝君，這些影像是完全還原成妳在錄像上看到的嗎？」胡十炎嚴肅地問。

「等於是拷貝我見到的沒錯，怎麼了嗎？」張亞紫挑高眉，回頭望向螢幕，可剎那間，她的眼眸瞇起。

在經過數倍放大的畫面上，兩名即將被瘴完成侵入的宿主心口上，居然有著詭異的黑影。黑影所佔面積不大，因此張亞紫在最初見到當時現場即時傳回的錄像後，也只當成無關緊要的陰影。然而現在一經特別放大，那塊陰影乍看下竟宛若心口處被開了一個——黑色的洞。

「庚辛，播放！」張亞紫想也不想地喝道。

接下來短短數秒，所有人都看到瘴對著那個黑洞鑽了進去，直至完全消失……不尋常的死寂籠罩在壹間會議室中，半晌後被一道沉穩的聲音打破。

「規則改變，部分的瘴確定異變。」安萬里還是佇立於胡十炎身後，鏡片裡的眼眸冷靜如昔，「我們從不曾注意過那些成爲瘴的宿主們，在生長出欲線時，心口處原來也會裂出縫隙。而現在，異變的瘴就是利用這空隙鑽進。除此之外，它們似乎還有另一項特點，外觀。」

「你是指像個死神般把自己包成一團……不、不對。」胡十炎瞳孔微縮，他發現到更重要的線索。

楊家山神一事，他雖然沒有參與其中，但也從安萬里、柯維安他們口中詳細得知了整件事的來龍去脈，也知道當初發生在珊琳身上的事。

根據那名山精所說，當楊家山神進入沉眠、消失無蹤後，瘴就開始出現了。然而和她所知道的不同，那名被願望（欲望）吸引過來的瘴，外表就像裹著一襲黑斗篷，臉孔處是一團模糊的黑暗，只能看得到兩隻猩紅色的眼睛。

不光是那隻瘴，包括想吞噬百魂妖怪的瘴也是……

胡十炎憶起那抹從葉璃蓉折裂的脖子內鑽出的黑影，也正是像裹著黑斗篷。他不覺得這是巧合，也不打算把它們當作巧合。

「很好，是這樣嗎？」胡十炎的瞳孔縮窄成針尖細，稚嫩的臉蛋上卻是露出一抹貨眞價實的凶猛笑容，「它們還能直接存在於『這裡』，這個世界上，而不再是只能龜縮於地面下，等著欲線將它們釣起。」

話聲剛落，胡十炎猛地一拍桌，稚氣的童聲這次威嚴無比。

「聽我的命令！明日一早即刻聯絡北東南三分部，將今日所知匯整成完善資料傳交他們。另外，亦通知狩妖士三大家，楊家、符家、黑家，一個也別漏，告訴他們瘴已異變的消息。不管他們聽不聽，不管他們信不信，就算拒收也一樣，給我想辦法把消息塞到他們嘴巴裡去！」

「是！」無數聲音就像浪潮般，匯聚成一股堅定的意志。

胡十炎跳上桌面，踩著會議桌踱步地往著螢幕方向接近。當他站定在桌緣前，雙手揹後，金眸瞇細。

「異變的瘴，和以往截然不同的瘴，就如此稱呼吧——」神使公會的會長慢慢地說。

「瘴、異。」

第六章

「瘴……異……」

趴在地板上的小女孩一邊用樸拙的字跡寫下，一邊唸出在紙上呈現的紅色蠟筆字。

小女孩有著翠綠如山林的髮絲，一頭長長的頭髮如今是往後梳，束綁在腦後，露出清秀白皙的臉蛋和一雙深棕似泥土的眼睛。

一般的人類孩童，絕不可能有這樣的髮色和瞳色。

小女孩的名字是珊琳，她並不是人類。

事實上，她是由大自然的靈氣匯聚出來的山精，並且在將來，她將成爲楊家信奉的山神。

獨自一人待在楊家主屋書房的珊琳，再次喃唸出「瘴異」兩字。

這是日前柯維安捎來的消息，表示神使公會已正式將那些不同以往的瘴，訂下新的名稱。

瘴異，等同於是異變的瘴。

珊琳怔怔地看著自己用蠟筆塗寫出來的紅色字體，接著目光再轉向散布在身邊的其他紙張，上頭皆是她這一上午的練筆。

然後，那對棕色的眸子不自覺地停留在一張紙上，在上面的不是字，而是她的隨手塗鴉。

黑色的斗篷、看不見相貌的臉孔，還有兩團用力塗在臉部位置的紅色色彩。

珊琳憶起了楊家現任山神消失於山中時的事。她苦苦尋找著山神大人，在山林間拚命呼喊，然後逐漸地，她不敢再大聲地喊出聲音，因爲山裡開始出現一抹詭異的黑影。

它像披裹著一襲黑斗篷，令人想到死神的裝扮，該是臉孔的部位一團模糊，唯獨能看見兩隻猩紅的眼睛不祥地發著光……

珊琳猛地搖搖頭，中斷回想。她坐起來，將畫有那抹詭異身影的紙張使勁揉成一團，再投向前方的紙簍，彷彿要把內心至今殘留的心悸感一併丟開。

珊琳深深吸了一口氣，小手按上心口。

「我不怕……我已經，不會怕了……」她小小聲地說，想到楊家的人，想到楊青硯、楊百罌，想到其他更多的人。

微快的心跳漸漸平穩下來，珊琳緊繃的肩頭放鬆，棕眸閃過堅毅的光芒。她答應過山神大人了，她會變得更堅強，和百罌一塊保護楊家！

她不會再讓自己的心靈有空隙，受到瘴或是瘴異的入侵。

叩、叩！書房外忽地響起敲門聲。

珊琳回神一抬頭，發現是楊家的管家站在門口外。

「張叔，有什麼事嗎？」珊琳連忙抱著自己的蠟筆和塗寫過的紙張站起來，大大的眸子有絲緊張，「不、不好意思，我把書房弄得有點亂……」

「沒事的，珊琳小姐。」張叔露出和善的笑容。

原本楊家的僕役都是尊稱珊琳為「大人」，但在瘴異入侵事件結束後，經過楊青硯和楊百罌的商議，決定讓眾人改口喊「小姐」，一來是拉近彼此間的距離；二來是表明珊琳也是他們楊家的一分子。

對於這名恢復純真無邪本性的綠髮小女孩，張叔喜愛得很。對方的存在，讓這個安靜許久的大宅增添了不少笑聲。

身為楊家老資格的僕人，張叔有時候都忍不住想起從前，在百罌小姐和九江少爺年幼、還一同待在這個家的時候……

「不好意思，珊琳小姐，是我打擾到妳了，不過我可以進來拿書嗎？」張叔含帶歉意地說：「老爺要我幫他找幾本書。」

「我沒關係，我可以去別的地方畫畫，或是找百罌。」珊琳想起今天是星期五，楊百罌曾說下午就會回家，直到下星期一再回到大學宿舍，「百罌回來了嗎？」

「啊，大小姐的話……」張叔微微一笑，對珊琳眨下眼睛，「只要到一樓，順著味道找就知道了喔。」

珊琳一怔，隨後像恍然大悟般露出大大的笑容，「張叔，我可以先把蠟筆和紙放在這裡嗎？不會太佔位置的。」

「珊琳小姐請儘管放吧，我一定會奮力保護它們，不讓其他人靠近。」

「張叔，謝謝你。」珊琳咯咯的笑聲如同清脆的小鈴鐺敲動。將畫圖工具擺置桌上，她光著腳，一溜煙地跑出書房，像陣綠色旋風般，一下就從三樓跑到了一樓。

剛跳下樓梯的最後一階，珊琳就聞到一股不陌生的香甜氣味。是餅乾的香氣！百罌已經回來做餅乾了嗎？

珊琳立刻朝著廚房的方向跑去，但在途中，那股甜香忽地出現變化，先是越漸濃郁，隨後隱約有絲焦香味摻雜其中。

等到珊琳跑到廚房門口，正好看見繫著粉紅格紋圍裙和戴著同款頭巾的褐髮女孩彎身打開烤箱。

頓時，濃濃的焦味從烤箱裡頭衝出。

褐髮女孩瞪著烤箱內部，遲遲沒有動手將烤盤拉出，一張艷麗的臉蛋又是氣又是怒，最後化成深深的懊惱。

光是從這景象來看，珊琳就可以知道楊百罌的這批餅乾再度失敗了。

楊家的現任家主貌美如盛綻之花，文武方面堪稱全能。既是優秀的狩妖士，又是繁星大學中文系的高材生兼班代。

然而這樣完美的一個人，卻像是永遠也無法擁有烹飪的手藝，至今經過多次挑戰，但到目前爲止，還是沒有一項完好無缺的作品出爐。

「百罌。」珊琳一開口，卻沒想到烤箱前的褐髮女孩像是未預料到她的出現，嚇了一跳，匆匆忙忙地將烤箱迅速關上。

「珊琳，妳怎麼……會到這裡來？」楊百罌很快又回復鎮靜，可她整個人還是擋在烤箱前，彷彿不願意讓自己以外的人看見裡面的成品。

「張叔告訴我妳回來了。」珊琳不禁困惑地歪著頭，想知道楊百罌究竟在隱瞞什麼。只不過楊百罌竟跟著往旁移動了一步，擺明就是想擋住對方的視線。

珊琳的疑問更深了，她眨巴著大眼，探詢似地盯著楊百罌瞧，希望能獲得答案。

「張叔忘記了嗎？明明交代過他要保密……」楊百罌像是有絲惱怒地低喃，隨即她微咬下唇，臉上馬上又覆上平日的冷淡，「沒什麼事，只不過是餅乾又烤壞了……這點小事我可以自己處理，妳先到外面去吧。」

「是要送給小白大人的餅乾嗎？」珊琳早就知道楊百罌的冰冷和高傲只是保護色，好將自己不輕易示人的脆弱和溫柔隱藏其後，「百罌，我也可以一起幫忙，我們重新再做一次吧！」

「不行！」楊百罌幾乎反射地拉高聲音，臉蛋上是凌厲之色。可當她注意到綠髮小女孩似乎被她丕變的態度嚇住，深棕的眼眸受驚地睜圓，她不禁慌張起來，哪還見得到絲毫冷漠。

「不是，我是說……」楊百罌感覺到挫敗與懊惱，她內心生起斥責自己的衝動。她明明不想讓自己的語氣聽起來那麼嚴厲又冷冰冰……爲什麼她老是犯這種錯誤？

「我不是那個意思，我只是……」楊百罌蹲下身，不再擋著身後烤箱，她放輕聲音地說：「妳看到了，珊琳，我又烤壞東西了……我想自己再做一次。這些餅乾很重要，所以我希望能獨自完成。如果……如果眞有什麼問題的話，我再向妳求救好嗎？我保證。」

「……好。」珊琳慢慢地再綻露出一抹羞怯的笑容，她細聲地說：「有問題一定要向我求救喔，我可以當百罌的小幫手，我們打勾勾，約好了！」

「好的，我們打勾勾。」楊百罌見珊琳重展笑顏，登時鬆口氣，美麗的臉上也露出微笑。她伸出右手小指，和珊琳的勾繞一起，表示約定。

獲得保證的珊琳放下心，自覺自己應該把廚房留給楊百罌，想了想，她決定去找楊青硯。

「百罌，那我去找爺爺。」雖然是楊家未來的山神，不過珊琳也是學著楊百罌稱呼楊青硯爲「爺爺」。

這對過去七年受到瘴異操控，而失去和孫子、孫女共享天倫之樂時光的楊青硯來說，可是樂不可支。

「我有把妳送的手機帶在身上。百罌，有困難一定、一定要打給我喔。」

「我知道了，別擔心。」楊百罌目送著珊琳像陣綠色小旋風般跑開，頓時大大地放鬆下來。她當然不會眞的向珊琳尋求幫助——因爲她想贈送餅乾的對象，就是珊琳。

如果當事人一同動手做的話，那不就沒有半點驚喜可言了？

「必須再吩咐一次張叔，不能讓珊琳知道大家準備的計畫……」楊百嚚蹙起眉頭，思索著要楊家上下都閉好嘴巴。曲九江也知道這事，她當時還是將邀請函丟向他。不過她不擔心對方會說出去，血緣上是她雙胞胎弟弟的那傢伙，根本對這事一點興趣也沒有。

還有柯維安和小白也知道……預防萬一，她還是再叮嚀一次比較保險。

在內心不停地告訴自己，她只是爲了防止幫珊琳舉辦慶祝會的消息外洩，並沒有什麼特別的心思，珊琳脫下隔熱手套，做了個深呼吸，試圖穩定不自覺再度加快的心跳。

她從口袋內拿出手機，點進通訊錄，看著上頭的「小白」兩字好一會兒，最終那股拚命凝聚的勇氣還是消散了。她害怕自己又不受控制地說出一些和內心相反的話，她眞的不想再把和小白的關係搞得更糟了。

楊百嚚閉下眼，然後毅然地跳出通訊錄，改用簡訊通知對方。

——小白，珊琳最近可能會懷疑我和家裡的人在忙什麼，她可能會問你或柯維安，麻煩你們幫我保密了，我希望能給她一個驚喜，也希望那天你們可以來參加。爲了避免撞上期末考，我特地挑選過日子了。祝　期末考順利 :)

直到輸入完最後一字，楊百嚚按下發送，看著螢幕上顯示訊息已成功傳送出去。她像虛脫般蹲坐下來，將臉埋入掌心，感覺雙頰微微發燙。

她確定自己的簡訊打得很完美，沒有任何刺人的句子，要說特別之處，應該只有她加了笑臉符號。小白不會覺得哪裡奇怪吧？她只是想增加善意……絕對不是因為她希望也能從對方那收到一個笑臉……

「楊百罌，妳得加油點才行。」楊百罌悶著聲音，喃喃自語地說道：「趕緊把心力都放到烤餅乾上吧，一定要做出完美的餅乾，就趁珊琳去找爺爺的時……」

楊百罌的思緒倏地卡住，她飛快抬起頭，美眸睜大。

珊琳說要去找誰？爺爺！爺爺會不小心說出祕密的，得馬上去找爺爺才行，不能讓人破壞了這份驚喜！

珊琳是在楊家翼樓的視聽室找到楊青硯的。

這名身子骨還相當硬朗的老人在徹底擺脫瘴異的控制之後，有了一項新的興趣，那就是觀看連續劇。不管是本土劇、日劇、美劇、英劇或是韓劇，他都看得津津有味，還會很認眞地和張叔討論劇情。

原本楊百罌慶幸自己的祖父不再重新擔任狩妖士——就算他身子骨再怎麼硬朗，都已經有了年紀，不適合在第一線衝鋒陷陣，與危險相伴——而是另外發展出這項無傷大雅的新愛好。

但在她發現對方居然熬夜偷偷看影集後，這名女孩當場是冷下艷麗的臉蛋，嚴厲要求自己的祖父不准再這麼做。要看就得在大螢幕看，而且禁止熬夜！

這也就是楊家翼樓爲何會新闢了這間視聽室。

不過楊青硯此時此刻倒不是在觀看影集，他有時候也會將這處採光良好的房間當成小憩或是看書泡茶的地方。

坐在特別訂製的舒適搖椅上，楊青硯半瞇著眼睛，等著張叔把他吩咐的書籍送來，然後他聽見了那獨特輕靈的腳步聲，轉頭一看，果不其然，瞧見一名綠髮棕眸的小女孩站在門口處。

「珊琳是要來陪我一起看書的嗎？」楊青硯露出愉快的笑容，向珊琳招了招手。

「爺爺。」珊琳三兩步跑近，她的那一聲「爺爺」喊得楊青硯樂呵呵的，看似嚴厲的臉部線條放軟，哪裡還有一絲前任家主不苟言笑的威嚴影子。

楊青硯可以說是楊家最寵珊琳的人了，雖然明知珊琳是山精，眞實年紀可能與外表不符，但對方天眞爛漫的笑容，令他忍不住將之當成孫女疼愛。也或許是和十年前的自家孫子、孫女比較起來，珊琳著實是比總板著一張臉的他們可愛太多了。

「爺爺，我可以問你事情嗎？」珊琳雙眼閃動冀望光芒地問。她事實上還是感覺得出來，楊百罌有什麼在瞞著她。還有楊家的人，最近上上下下也都像在忙著什麼，可是所有人都三緘其口，也不讓她幫忙，只推說不是什麼重要的事。

「當然沒問題。」楊青硯一口應允。就算這時候珊琳說想要星星，他可能也會派人想辦法弄到。

「我想問……」珊琳垂下眼，細聲細氣地說，手指無意識地揪著衣襬一角絞轉，「大家這陣子是不是在忙什麼事？還有百罌……我也想幫大家和百罌的。爺爺，你能不能告訴我？」

「其實那是……」珊琳乖巧的姿態太惹人憐愛，楊青硯差點要不假思索地全說出來——因爲大家在準備妳的慶祝會啊！

是的，差點。如果不是楊青硯聽見一聲輕咳的話，他眞的要說出來了。

「爺爺，這是你要的書是嗎？我在路上碰見張叔，就替他把東西送來了。」發出輕咳的人不是別人，正是及時趕至的楊百罌。她在珊琳看不見的角度，凌厲地給了自家爺爺一眼。

說好不能提早暴露驚喜的，爺爺。

感受到孫女充滿魄力的警告，楊青硯心虛地遊移一下視線。

「百罌！」珊琳期待地望向楊百罌，小臉放光，「是需要我的幫忙了嗎？」

「不是，我一個人就能應付得來。」楊百罌昧著良心說話，強壓下見到珊琳浮現失落所產生的罪惡感，「爺爺，你不是要看日劇的重播嗎？就是什麼加倍奉還的那部，時間快到了。」

「咦？啊？啊！對對對，百罌妳不提醒，我都要忘了。」楊青硯立刻作勢找起搖控器，語帶抱歉地對珊琳說：「珊琳，我很希望妳陪我一起看電視，不過小孩子還是不太適合看這個。

晚點換爺爺陪妳看卡通，好不好？」

「但是我……」珊琳欲言又止，最後還是把湧上喉頭的話吞下，改而向楊百罌問道：「百罌，那我可以去找小白大人他們嗎？我記得路，我知道繁星大學要怎麼去。」

「不可……」楊百罌及時截斷那聽起來太過冷漠的拒絕，她不想再嚇到珊琳。慢慢鬆放開無意間攢緊的手指，她低聲說：「學校快期末考了，小白他們都忙著唸書，這一陣子還是別去打擾他們……改天，我再帶妳過去。妳要是一個人，我也會不放心。」

楊百罌後半段的話是發自內心，可是她沒發覺到珊琳的小臉卻因爲這句話黯淡下去，眸裡也少了幾分光采。

珊琳知道楊家人是眞心對她好，但是……

「但是，我不是孩童了啊……」綠髮小女孩的眼中閃過落寞，唇中吐出幾不可聞的聲音。那語句太過細微，竟連楊百罌和楊青硯也沒有捕捉到。

「珊琳？」可是楊百罌還是擔心地問道。

「我知道了，我不會去吵小白大人他們的。」珊琳用力眨去眼中的落寞，抬起臉，露出稚氣的笑容，「那我可以在屋子和院子裡玩探險遊戲嗎？拜託了，百罌。」

「當然可以，這裡也是妳的家。」楊百罌鬆口氣，「只是要記得……」

「別跑出山外。」珊琳流暢地將話接下去，她吐吐舌，又一溜煙地跑走了，她不想讓任何人發現她的失落與寂寞。

她答應山神大人了，她會很堅強，她會有所成長……所以，她不能讓百罌和爺爺擔心。

在沒有人在的走廊抹去眼角的淚水，珊琳本來是想跑回自己的房間，可是就在她經過一扇半敞的門之際，她聽見了電話響起的聲音。

鈴——鈴——

很快地，鈴聲又變成另一股拉長的聲音，接著是「嗶——」地一聲。

珊琳知道這個，這是有東西傳眞過來的聲音。

不假思索地停下腳步，珊琳左右張望了一下，趁四下無人時推開那扇門。

那是楊青硯位在翼樓的另一間書房。

抱著緊張的心情，珊琳悄聲走近擺在書桌上的傳眞機，一份文件正被吐露在外。

致楊家家主：

此爲最近獲知的情報。有一妖怪名爲「牙突」，疑有在中部地區出現的跡象。對於「牙突」的了解目前尚不多，僅知悉它主要出沒地皆在水池，完整全貌無從知曉。我符家的文獻記載亦未留下太多資料，但唯一確定的是，它食人。此情報同樣傳給了黑家，盼兩家及其他同行共同協助。

珊琳盯著紙上列印出的黑字，一個想法不受控制地在她腦海裡飛速生成。有食人的妖怪出現，而且很可能會來到繁星市……百罌在忙，小白大人他們也在忙……既然如此，她可以想辦法先抓到牙突，讓大家刮目相看，證明她真的不是需要保護的孩童，她能夠幫上大家的忙的！

這念頭一旦生成萌芽，就再也難以拔除。

珊琳既興奮又緊張地伸出手，毫不猶豫地一把撕下了垂落在傳眞機外的紙張。將紙胡亂塞進懷裡，綠髮小女孩快速跑向對外的窗戶。她推開玻璃窗，抹去自己的氣息，像一縷輕煙般消失在窗外。

她不知道的是，在她獨自離開書房沒多久，傳眞機又再度發出音響。

然後，另一份文件被慢慢吐了出來……

第七章

要瞞過楊家眾人的耳目偷偷溜到外邊去，對珊琳而言，其實是一件再簡單不過的事。畢竟楊家真正擁有狩妖士身分的人，就只有楊青硯和楊百罌，其他成員大多是實習中或是毫無靈力的一般人。只要讓自己的身形在他人眼中成了透明，就能輕而易舉地順利離開。

只是一會兒的工夫，珊琳就和楊家大宅拉開了距離。

「呼……到這邊就沒有問題了吧？」站在山路邊，珊琳回頭望了一眼被自己拋在後頭的建築物，再拍拍胸口，安心地吐出一口氣。

暫且不論她之前受到瘴異入侵的事，這還是她第一次單獨離開楊家，卻不是爲了與楊百罌會合行動。珊琳的心裡多少還是有些緊張的，但也有一絲冒險般的刺激感。

和楊百罌一起進行訓練的那些日子裡，珊琳已經大致知道繁星市的一些路線，也知道一般人類會有的行爲。她原本在考慮要不要隱去自己的存在，這樣普通人勢必看不見……可是轉念一想，又大力地搖搖頭。

「不行、不行，要證明自己有所成長才行。」珊琳像是給自個打氣般握起拳頭，堅毅在小臉上一閃而過，「要學百罌，正正當當、光明正大地採取行動，如果隱身的話……沒錯，就是犯規了。」

主意一打定，珊琳閉上眼睛，腦中試著回想起曾見過的人類孩童打扮。

下一瞬間，珊琳的髮絲顏色染上和楊百罌相似的深褐，瞳孔的顏色也變得更深，乍看下接近棕黑。身上的民族風服飾也成了尋常的連身裙子，裙襬附近綴著幾片可愛的幸運草圖案，腳上也規規矩矩地套上了鞋子。

此刻，她的外表乍看下就只是普通的可愛小女孩，誰也不會想到她竟是一名山精。

「啊，還有這個！」話聲一落，珊琳的頭頂上便平空落下一頂大大的草帽。

將帽簷抓住往下一拉，珊琳露出開心的笑臉，很滿意自己的變裝。這樣就算被楊家的人見到了，他們也沒有辦法在第一時間認出自己。

「再來是……」珊琳張開雙手，一手出現手機，一手出現一張被揉摺過的紙，正是她從書房裡帶出來的那份文件。

珊琳望望資訊不夠多的紙張，又望望手機，腦海中不由得就想向當初幫了自己大忙的白髮男孩求援，但是她隨即憶起楊百罌曾提過的期末考。

她知道那是什麼，那是很重要的考試。就算是像楊百罌那樣聰明的人，也會在晚上努力準備自己不擅長的科目，好能有亮眼的成績。

「所以不行、不行，不行去打擾小白大人他們……」珊琳連忙搖頭，像要甩開這念頭。

下定決心，珊琳改從手機通訊錄中找到另一個名字——安萬里。

自從盤踞在楊家的瘴異被消滅，那名戴著眼鏡、書卷味重的斯文男子事後其實有留電話給她，告訴她無論碰上什麼事都可以打給他。

或許是當初對方曾溫柔地告訴她山神大人並未消失，只是進入沉眠，珊琳不由自主地對他產生了信任感。更重要的是，他還是楊百罌的學長、神使公會的副會長，一定會知道許多關於妖怪的事。

鼓起勇氣，站在山路旁的珊琳撥了手機給安萬里。

幾乎不到幾秒，另一端就被接通了。

「妳好，珊琳。」溫和含笑的聲音令人忍不住安心下來。

「安、安萬里先生，你好。」這還是珊琳第一次打手機給楊百罌以外的人，她的語氣害羞，又有些結結巴巴的，「很抱歉突然打擾你……」

「不用在意，是我說過妳隨時能打來的。還有，別稱呼我『先生』，妳可以叫我大哥，安大哥或萬里大哥，妳覺得怎樣？不過別讓維安知道，他一定會嫉妒得哇哇叫的。」安萬里聲音裡的笑意更甚，柔柔地滑過珊琳的耳畔。

「好的，萬里大哥。」珊琳細聲地說，臉上也跟著露出笑容，「我有事情想問你，跟妖怪有關……你現在方便嗎？」

「跟妖怪有關嗎？」安萬里在手機另一端像是沉吟，但他也沒有多問，「不然這樣好了，珊琳，妳們可以直接過來一趟嗎？我這有妖怪的情報系統設備，妳們可以自由使用，我相信十炎不會介意這種小事的。」

珊琳知道安萬里誤以為她和楊百罌在一起——她們的確總是在一起的——她也不解釋，只是小小聲地應了一個「好」，接著再問道：「如果搭公車的話，要怎樣才能到你那邊？」

這次安萬里明顯沉默了數秒，也許他已察覺到什麼，例如楊百罌在身旁的話，根本不會需要搭公車，不過他依舊沒有說破。

「我人在銀光大樓，就是銀光街的銀光大樓。」那道溫和男聲只是更親切地說明，「珊琳，楊家的那條山路往下一直走，是不是就會看到一個公車站牌？妳搭33號、35號或繁星大學的專用校車都可以，它們都會先到紅葉公園。放心好了，校車沒有限制繁星大學的學生才能搭，一般人也可以。到了公園，妳在那邊下車後再打電話給我，我再告訴妳接下來怎麼走。」

「好的，謝謝你，萬里大哥。」珊琳下意識點頭道謝，但頭一點，才猛然記起對方根本不在面前。她困窘地吐吐舌，將手機收了起來，腦中回想著安萬里交代過的。

要搭公車到紅葉公園……公車！珊琳急忙又把手機拿出來，快速瞄了眼上頭的時間。再過不久就是四點二十分了，通常這時間，繁星大學的校車會經過山下的站牌，動作要快點才行！

珊琳一手壓著草帽，趕緊慌慌張張地往山下跑。

即使沒有使用山精的力量，她的速度本來就比一般人快。待一發現自己即將接近公車站牌處，她又及時地放慢腳步。站牌那邊通常會有要搭車的繁大學生，她不想被人發現任何異於常人之處。

幸運的是，珊琳並沒有錯過繁星大學的校車。

當看到校車自遠方接近，她也學著其他人努力地舉高手，腳尖還拚命地踮了起來。

校車慢慢停靠在站牌前，先是數人陸續下來，接著換要搭車的人上去。

珊琳乖乖地排在最後一位，等到她上車時，司機還忍不住多看一下她的身後，確定她只有自己一人後，臉上微露驚訝。

「小妹妹，只有妳一個人嗎？妳媽媽沒陪妳一起？」

「我要去找……哥哥。」珊琳拉拉帽簷，露出害羞的笑容，「我會自己搭車了……」

「原來是這樣，真乖，真厲害！」司機大力誇獎道。

珊琳心裡有絲得意，投下硬幣後，她上去尋找位子，雖說車上人群擁擠，所有座位都被坐滿了，可是一見到有小孩沒位子坐，立刻就有人起身讓位。

乖巧地向對方道謝，珊琳坐上靠走道的位子，草帽抓在手上，棕色的眸子瞬也不瞬地凝視窗外景色，至今的一切對她來說都是新鮮的。

「小妹妹，妳是要去哪裡嗎？」坐在珊琳前面單人座位的中年婦人轉過頭，親切地搭著話，「一個人搭車很厲害呢。」

「我……我要先到紅葉公園。」珊琳收回望著窗外的目光，細聲細氣地回答著。

「紅葉公園？」沒想到這名女性一聽見這地方，頓時皺起眉頭，滿臉的不贊同之色，「妳是要去那裡玩嗎？聽阿姨的話，一個人的時候還是別靠那公園太近，尤其是公園裡的水池。」

「那個公園，發生什麼事了嗎？」珊琳馬上就注意到關鍵的「水池」兩字。在那張傳眞上，也有提到牙突這種妖怪專門躲藏在水池裡。會不會牙突已經來到繁星市，就躲在那座水池當中？

「那地方……最近發生了一些不好的意外……總之，妳還是別太靠近那裡，阿姨是爲妳好。」中年婦人自然不會知道珊琳所想，似乎是不願意說出那些會影響小孩子的事，她只是含糊地一語帶過，不再深談。

珊琳正想再追問，校車忽然停了下來。

「紅葉公園站到了，紅葉公園站到了，有沒有人要下車的？」司機拉高聲音問道。

走道上馬上鑽擠出幾個人，珊琳則是愣了一愣，才驀然意識到這裡就是她要下車的地方。她連忙也站起身，戴上草帽，三步併作兩步地往前跑。

「小妹妹，妳可以不用那麼緊張，我不會立刻就開走的啦。用走的就好，用跑的容易跌倒，要小心啊。」司機咧嘴一笑，還對珊琳揮揮手。

珊琳一踏上人行道，也回身朝司機揮手道別。

待校車駛離，珊琳抓好草帽，轉頭看著在自己眼前延展的大片綠意，紅葉公園就在前方。

珊琳發現公園外的人群比想像中多，他們交頭接耳，就像在談論著什麼。

而公園正門前的空地上還停著警車、救護車，和常在新聞中看到的ＳＮＧ車。不僅如此，空氣中還散發著一絲奇異的味道。

「不好的氣味……發生什麼事了？」珊琳喃喃地說。路上的行人不會發覺到她看似棕黑的眼中，有抹淺淡的光芒閃過。

沒有多加猶豫，珊琳往公園內跑進。

不同於一般公園，紅葉公園的設計是內凹式的，像是一座凹陷下去的山谷。多條路徑由各方往下延伸交錯，四周栽滿樹木，大多是楓樹，只是時節不對，此刻放眼望去皆是一片青綠。倘若進入十一月至一月間，就能明白「紅葉公園」的名稱是從何而來。

午後時分，照理說公園內應該有不少悠閒散步的人。然而珊琳跑進沒多久，便瞧見那些通往下方的步道被拉起了黃色封鎖線，擺明不再讓一般民眾貿然闖入。

果然發生事情了！

珊琳往下一看，正因爲紅葉公園是仿照山谷的地形，所以能從高處一覽底下景色。

公園最下方是一座大水池，池上有鋼造的紅橋蜿蜒橫跨，橋間還設置了許多照明。可以想像一到夜晚池面映照著樹影、光影，會是多麼如夢似幻的一幕。

珊琳匆匆一眼掃過空蕩蕩的紅橋，視線就落至水池邊。在那裡有警察、記者，還有其他人群。更重要的，有塊白布蓋在地面一處，白布下是矮小的人形輪廓突出。

有人死了。珊琳的腦海再度浮現校車上中年婦人曾說過的話。

「那地方……最近發生了一些不好的意外……總之，妳還是別太靠近那裡。」

珊琳不願意錯過任何可能和牙突有關的線索，她要幫上百醫的忙！

利用自己不易被發現的嬌小優勢，珊琳彎身穿過封鎖線，快步朝水池方向而去。

也許是眾人的注意力都放在水池附近，竟然沒有人留意到有名小女孩偷偷接近了現場。

不過珊琳也不怕有人看見，屆時她只要隱藏起自己就行了。在查探線索的時候，一些該用的小手段還是得用，但既然沒人發現，她也樂得省起力量。

還沒靠近水池，珊琳就聽到一陣傷心欲絕的哭號聲。

「我的孩子……我的女兒啊！」一名長髮女子緊緊地被兩名警察攙扶住，滿臉淚水，臉孔因爲悲慟和無法置信而扭曲。她看起來像是連站也站不穩，假使不是身邊人的幫助，恐怕就要直接跌跪下去。

珊琳悄悄地混進人群裡。

穿著制服的是警察，另一些拚命拍照或是在訪問人的就是記者，而其他被留在現場的人們，大多是意外發生時的可能目擊者。

「這位小姐，妳有看到事情是怎麼發生的嗎？」

「不，我也不曉得發生什麼事……」

「就是忽然間，聽到那個太太尖叫她的女兒不見了……」

「真奇怪，我們都沒發現到有小孩跌進水裡。而且掉下去的話，應該會有什麼動靜吧？」

「……沒有，就連小孩的呼救聲都沒聽見。」

「聽說加上這次，這裡已經發生過不止一次的溺斃意外……唔啊，好可怕！下次人家不敢來了啦！」

珊琳聽見了不少訊息，可是最關鍵的部分似乎無人知曉——意外究竟是怎麼發生的？

想了想，珊琳小心翼翼地再靠近水池，那裡剛好也待著幾個人。她拉近與一名中年人之間的距離，這樣可以營造出在外人眼中他們是一對父女的錯覺。如此一來，也就不會有人太過注意她的存在。

珊琳瞇眼望著倒映大量樹影、池面碧綠的水池。

水池看起來相當深，周圍也沒有設欄杆圍繞，孩童的確有可能一個好奇貪玩，就跑到水池中戲水。

但要是不小心誤入深水區，照常理而言，應該會掙扎或大聲呼救。偏偏現場的人們都說他們什麼聲音也沒聽見，等到終於發現異樣時，憾事已經發生……

這樣子不是很奇怪嗎？珊琳若有所思，她覺得那名溺斃的孩童，可能是碰上常人無法理解的現象。

可是情報說牙突會食人，小孩的屍體卻還是被打撈上來了……難道說可能存在水池裡的，並不是牙突？

驀地，珊琳眼尖地看見池中央彷彿有光點閃爍。她踮起腳尖，想要看得更清楚。

然後珊琳微訝地張大眼，她不知道是不是日光折射造成的錯覺，她好像看見了有花生長在上面……一朵讓人覺得非常美麗的花。

珊琳想確認自己是否眼花，所以無意識地往水池踏出了一步，又一步，再一步。

剎那間，一隻手臂冷不防地一把抓住她的肩頭。

「嘿，妳！」

珊琳嚇了一跳，身子一震，飛快地轉過頭。

抓住她的是個年輕女孩，看上去秀秀氣氣，戴著一副大大的黑框眼鏡，個子高瘦，膚色偏蒼白，長髮柔順地披散於肩後。

那是一張全然陌生的臉。

「小朋友，妳在這裡做什麼？妳知不知道妳差點就要跌進水裡了？」女孩語氣有絲嚴厲。

一聽她這麼說，珊琳這才注意到自己和水池不知不覺間只剩一、兩步的距離。再往前走，眞的就要走進水裡了。

「我……」珊琳想解釋自己是在看水池上的花，但不等她說完，一名記者發現了她的存在，麥克風不假思索地湊了過來。

「小妹妹，妳是不是看見了什麼？陳小妹妹溺水的時候，妳有看到嗎？」

「別開玩笑了，怎麼可以問小孩子這種事？」氣質幽靜的長髮女孩變了表情，狠狠瞪了記者一眼，用自己的身體擋在珊琳身前，「別騷擾我妹妹，拜託拿點記者該有的專業素養出來行不行？新聞業的水準都被你們這種人拉低了。」

無視記者青白交錯的臉色，長髮女孩帶著珊琳就往另一個方向走。

警方似乎已經收集完現場民眾的證詞，見長髮女孩牽著珊琳的手離去，登時揮了揮手，要她趕緊帶小孩離開——同時內心則是暗自納悶，剛剛人群中有那樣的小孩子嗎？

長髮女孩一路帶著珊琳回到公園上方的人行道，才放開手。

「抱歉，是不是嚇到妳了？」長髮女孩蹲下身，將肩前的髮絲勾到耳後，語帶歉意地看著珊琳的眼睛，「但紅葉公園的水池眞的有點危險，妳站得太靠近，我怕妳眞出了什麼事……就像我弟弟那樣……」

女孩的最後一句說得極輕，她垂下眼睫，像要掩飾一閃而逝的悲傷情緒。

珊琳敏銳察覺到對方很可能也和水池意外有什麼關係，或許可以從她身上問到線索。

「我沒有嚇到。大姊姊，謝謝妳。」珊琳低頭道謝，隨後一雙大眼睛抬起，「大姊姊的弟弟……發生什麼事了嗎？」

「就跟……下面那孩子一樣……」長髮女孩啞聲地說，滿滿的傷心像要滿溢出來。

而即使是在這裡，似乎隱隱還能聽見下方的哭號。

那聲音讓女孩不禁緊縮下身子。

「我……我也不知道為什麼會出那樣的事，我弟弟明明會游泳的，可偏偏卻……我真的不能理解……抱歉，這不是該說給小孩子聽的。」似乎察覺到自己失態，女孩眨去差點奪眶而出的眼淚，露出一抹苦笑。她拍拍珊琳的肩頭，站了起來。

「妳一個人跑到紅葉公園來，真的要多注意安全。這裡已經發生了三起不幸意外，還有一人則是幸運地被救了起來……不過說也奇怪，聽說那名被救起的小女孩，一直堅持自己在水池上看到了……」

「花？」珊琳反射性脫口而出，「她是看到花嗎？」

「妳怎麼知道？」長髮女孩先是詫異，旋即轉為震驚地瞪著面前的人，「該不會妳也……但是不對啊，我剛才分明就沒看見水上有什麼花。」

「我……」珊琳原本想回答自己也不是很確定，而等到她轉頭望向底下水池，她張大眼。她的視力比平常人類好得太多，就算相隔了極長的一段距離，她仍是能看清水面的景象。

只不過水池上空無一物，只有樹影錯落倒映。

花不見了。

難道……真是自己的錯覺？

「我不知道……」珊琳輕輕地搖搖頭，「我剛好像有見到花，現在又沒見到了……」

「這樣嗎？沒關係……如果那水池有花，也一定是不祥的花，還是別看見得好。」長髮女孩低聲說，「下次妳要是再到這來，千萬別接近。謝謝妳聽我說了那麼多，小妹妹，我叫古眞霜。」

「我是珊琳。」珊琳乖巧有禮地也報上自己的名字。

「珊琳嗎？聽起來很可愛。」古眞霜臉上不再是先前的難過之色，像是要甩去陰霾地露齒一笑，「妳眞的是自己一個人跑來紅葉公園的吧？因爲我帶妳上來的時候，沒見到有人衝出來，將我當成綁架犯。妳應該不是迷路吧？是的話，大姊姊我就要帶妳去警察局了呢。」

「不是，沒有迷路，我要去銀光大樓找哥哥。」珊琳連忙大力搖頭。

「妳是說補習街的銀光大樓？其實那是銀光街，不過大家都習慣喊成『補習街』……那裡離這不算太遠，走不到十分鐘就能到，要不要我帶妳過去？」古眞霜親切地釋出善意。

「不用了，謝謝大姊姊，妳能不能告訴我接下來的路要怎麼走？」珊琳說，她不想麻煩剛認識的人。

「這時候把我當陌生人提防已經來不及了……呵，抱歉，我只是開開玩笑，妳別放在心上。但是說眞的，妳一個人走在路上，千萬要多當心陌生人。」古眞霜斂起微笑，神情嚴肅地說：「我來告訴妳銀光大樓怎麼走吧。先沿著這條馬路直直走，然後再……」

認眞記下古眞霜說的路線，確定不會弄混後，珊琳摘下草帽，規規矩矩地對著這名初認識的女孩低頭道謝。

古眞霜笑笑地擺擺手，催促她快些去找兄長。

可是珊琳剛離開沒幾步，古眞霜忽然又喊住了她。

「等一下，珊琳！妳可以告訴我嗎？妳看到的花……是什麼模樣？」

「很漂亮，不太像這世界會有的花……」

「……我知道了，謝謝妳，珊琳，再見。」

古眞霜露出了珊琳不知該怎麼形容的表情，彷彿包含了許多說不清道不明的情緒。她凝望著那名女孩好一會兒，這才轉身跑開。

紅葉公園裡的痛哭聲像是仍幽幽傳來……

□

珊琳覺得有什麼東西一直跟著她。

那股感覺從她離開紅葉公園不久後就出現了，但每當她警覺地回頭一望，卻又是什麼異狀也沒發現。

可是，她不認爲「有東西」跟著自己是錯覺。

跟著她的不可能會是人類，普通人類沒辦法隱匿得那麼好。

那麼，是妖怪？紅葉公園裡的東西追著她一塊過來了嗎？

不知道，沒有更多實質的證據。

珊琳不打算隱身，她想知道對方是誰，目的是什麼？所以她只是加快腳下的速度，快速地照著古眞霜告訴她的路線奔跑。

而當珊琳一跑起來，那種有誰跟著自己的感覺更明顯了。假使是想對自己不利，那麼她也不會客氣！

不到十分鐘，珊琳就找到銀光街了。

不愧是有著「補習街」盛名的街道，星期五下午的街上滿是人潮。人們幾乎是有些吃驚地看見一名戴著草帽的小女孩快步衝進來，他們下意識往旁退避，一頭霧水，不明白對方是在追趕著什麼，或躲著什麼。

銀光大樓、銀光大樓……珊琳毫不在意路人詫異的目光，她抬頭尋望，想知道自己的目的地是這些林立大樓中的哪一棟。

下一瞬間，她眼睛一亮，三步併作兩步地奔向前，跳上插滿許多關東旗的階梯平台。

冷不防地，一種奇異的感覺迎面撲來。

珊琳睜大眼，流露愕然。一踏上銀光大樓的範圍，她竟產生了自己像闖入另一個空間的不可思議感……

怎麼回事？這裡不該是一般的補習班大樓嗎？還是說，萬里大哥待的並不是尋常地方？

珊琳心中的疑惑就像泡泡般越冒越多，她站在大樓前的階梯平台，有絲不知所措。她看見銀光大樓旁的建築物仍有人來來去去，但唯獨這裡沒有第三人靠近，彷彿他們對這裡一點興趣也沒有，連目光也不願投來。

珊琳還看見銀光大樓裡的管理員——或者說警衛，對方穿著像是警察般的制服——像發現了她的存在，從櫃台後站了起來。

珊琳張口想說些什麼，然而一股危機感猛然襲上她的背。她警覺轉身，棕黑的眸裡倒映入一抹張牙舞爪的醜惡黑影。

猙獰的黑色生物張開滿是利齒的大嘴，朝珊琳飛撲而來。

珊琳的眼瞳瞬間恢復深棕，髮絲一口氣染回碧綠。然而不待她出手，另一道影子赫然從反方向掠了出來。

有誰從銀光大樓內衝出，那人的動作熟練俐落，彷彿早已習慣做這樣的事。

只見那名穿著保全制服的中年男子抽出腰間警棍，重重地揮砸上黑色生物的正面，再趁機一把抓住對方，施展力氣，將之壓制在地面上，隨後警棍的前端冒出尖刀。

銀光大樓的警衛眼眨也不眨，就將武器重重地捅進那隻欲攻擊人的黑色生物體內。

頓時，外貌像是蜘蛛的生物痛苦抽搐幾下，半晌後就沒了聲息，一動也不動地癱倒在地。不再掙扎的它看起來更像蜘蛛了，只是它的口部幾乎佔去大半張臉，有六隻突出的青色眼珠，體型也接近一顆籃球大小。

「蜘蛛系的妖怪嗎？想撒野也挑錯地方了。」中年男子面無表情地拔出警棍，像是絲毫不意外地面上的身影倏地化爲陣陣黑煙，最後消失無蹤。

中年男子站起身，像要確定珊琳安危地轉過頭，但進入視野內的景象讓他臉上的表情終於起了變化。

稍早前還站著尋常小女孩的位置，現在站的卻是令人驚異的存在。

嬌小的體型未變，可一頭深褐髮絲如今碧綠如山林，眼眸則是深棕如泥土。小女孩的雙腳赤裸，身上穿的是民族風服飾。

……那不是人類。

「妳是……什麼？」中年男子緊握警棍，眼底有著些許警戒之意。

只不過下一剎那，另一道溫煦的年輕嗓音伴隨著腳步而來。

「她是我的客人，苗叔，不用緊張。」從銀光大樓內走出的是名身穿格子襯衫、戴著細框眼鏡的斯文年輕人。他唇角含笑，舉手投足間有種超出外表年齡的沉穩，讓人第一眼見了就產生安心感，不自覺想要信賴對方。

「安萬里先生……不對，萬里大哥！」乍見熟悉的身影，珊琳綻露害羞的笑靨。她先是朝安萬里行禮，然後再乖巧地向被稱爲「苗叔」的中年人彎腰打招呼，「苗叔叔，你好……我是珊琳。」

「哈哈，妳好、妳好。」既然是安萬里的客人，加上珊琳又那麼有禮貌，中年男子收起先前壓制妖怪展露的肅殺之氣，露出熱情的笑容，「沒想到副會長認識這麼可愛的小朋友……抱歉啊，剛剛希望沒有嚇到妳。不過眞奇怪，怎麼會忽然有妖怪跟著妳過來？」

「我也不知道……」珊琳困惑地盯著還殘留一點黑漬的階梯平台，同時也沒漏聽苗叔對安萬里的稱呼。

副會長？萬里大哥的確是神使公會的副會長，可是一般大樓的警衛先生會知道這種事嗎？不對，這裡……眞的只是一般大樓嗎？

珊琳心裡倏地一個激靈，她飛快抬起頭，向四周張望。

即使數分鐘前發生了如此不可思議的一幕，銀光街上來往的行人卻像渾然未覺，連目光也沒有投望過來。不僅如此，旁邊的人也像是沒看見自己的髮色、眼色，還有異於常人的衣飾。

珊琳怔怔地舉起雙手，看看自己，再驚訝地看看安萬里和中年男子。

「妳注意到了？」安萬里似乎一眼就看穿珊琳滿腹的疑惑，他笑著說道：「這裡有著特別結界，在其他人眼中看來，就只是棟普通大樓，而且還會散發出讓人下意識不想踏進的氛圍。詳細的情況，下次有機會我們再說吧……珊琳，我替妳介紹，這位是苗叔，苗警官，他是我們這裡日班的警衛之一。」

「警官？叔叔還是警察先生嗎？」珊琳好奇地睜圓眼睛。

「不是、不是，大家第一次都會這麼誤會。大叔我的名字是錦關，金部錦、關門的關，可不是什麼警察先生哪。」苗錦關失笑解釋，他將警棍往腰間一插，蹲下身，朝珊琳伸出手，「珊琳，妳該不會是副會長的族人吧？像妳這麼可愛的孩子來這，可千萬要小心。我們這裡可是有個糟糕的小子，我眞怕柯維安會對妳伸出魔掌。」

「那我恐怕就得替維安打一一九和一一〇了。」安萬里笑咪咪地接著說：「先送醫院，再關警察局，聽起來可眞是個好主意呢。」

不不不，我才不會做出什麼事，我可是一個十足十的紳士啊！而且先送醫院是爲什麼？這是已經做好我會被痛揍至送醫的前提嗎——假使柯維安在場的話，他一定會這麼大力辯駁的。只不過他現在人正在宿舍，他打了個噴嚏，猜想是哪裡的蘿莉、正太在呼喚他。

「小白大人有交代過，不要靠近維安大人太近。但是我不是小孩子，沒關係的。」珊琳一派認眞，「我年紀跟大家其實差不多大呢……唔，也許我更大？」

「這個嘛，重點是外表，但我相信小白會好好幫我們管束他的。」安萬里相當相信自家學弟的能力，「對了，苗叔，珊琳並不是我的族人。我族應該就只剩下我了……我猜。珊琳是個可愛的山精，假以時日，她將會成爲一位偉大的山神大人。」

「山神……」苗錦關吃驚地一時說不出完整的話，他緊緊盯著嬌小清秀的綠髮小女孩，一會兒後壓低聲音，「我說副會長，這麼可愛的小丫頭成爲山神後，應該不會像帝君那樣吧？就算女大十八變，也請一定要保持那份純眞啊，不然我對神都快不敢再抱持著美好想像了……」

「啊，你以前的神是王爺神嘛？我記得，對方是有點散漫脫線，辛苦你了。」安萬里拍拍苗錦關的肩膀，後者看似想起什麼回憶，沉重地吐出一口長長的氣。

緊接著，安萬里留意到珊琳睜得大大的棕色眼睛，那視線是黏在他們身上，他瞭然地開口，「苗叔呢，是位退休的神使。雖然已經沒有神力了，不過身手還是矯健得很。」

「退休的……」珊琳的瞳孔收縮，許多關鍵字串聯在一起。

副會長、結界、在這當警衛的退休神使。還有帝君。

這棟大樓，絕對不會是尋常的大樓！

「難道說，這裡就是神……」珊琳未竟的話因爲安萬里舉起手而中斷。

文質彬彬的年輕人豎起食指，輕置唇邊，鏡片後的細長眼睛含笑瞇起。

「噓，別說出來，別告訴其他人，因爲小白他們還沒正式踏入我們的世界。」

第八章

銀光大樓原來就是神使公會的所在地。

珊琳將這份吃驚收在心裡，跟隨著安萬里一同搭電梯至高處樓層。

安萬里按下了十三樓的數字鍵。

珊琳是第一次搭電梯，不禁有些興奮。她雙眼放光，在電梯裡東摸摸、西摸摸，就像是激動而難以安分下來的小動物一樣。

安萬里抱胸倚著壁板，眼神溫和，如同長輩縱容著晚輩的好奇心。

即使珊琳是未來的山神，但對已活了七百多年的安萬里來說，對方在他眼中還只是孩童。

「萬里大哥，這裡……」忽然，珊琳皺皺鼻尖，四處嗅了嗅，「好像有什麼氣味？」

「啊，這個嗎？」安萬里放下雙臂，微笑地讚賞道：「不愧是山精，感覺格外敏銳。這裡常有神、妖、人往來，所以氣味會比較雜一些，不過大部分人是不會發現的。另外更重要的一點，這裡可是全部被包裹在一個特殊結界內，也可以當作另一個空間看待。等有機會，珊琳妳也會見到這裡的眞正全貌。」

珊琳似懂非懂地點點頭，不過總算明白剛剛自己踏上銀光大樓階梯平台時，爲什麼會產生

像誤入另一個空間的感覺了。

「那，萬里大哥，我們現在要去哪裡？」珊琳仰著頭，望著面板上的數字一路攀升，語氣有絲期待。

「去一隻老狐狸的家……這樣講似乎也不對，畢竟論年紀，我還比十炎大呢。」安萬里離開倚靠的地方，他的站姿筆挺，可又散發著閒適從容的感覺，似乎在他身上難以見到和「緊張」相關的字詞。

「十炎？」珊琳眨眨眼眸，她聽過這個名字，百罌、維安大人和小白大人有談論過。

「比我還高一階的會長大人，胡十炎，神使公會的統率人物，妳到時候叫他『老大』就可以了。他啊，有時候也是個傷腦筋又任性的傢伙呢。」安萬里的話聽起來像是在感嘆，卻又毫不掩飾當中的縱容。

「胡……」珊琳下意識要喊成「胡十炎大人」，不過在安萬里笑咪咪的注視下又改口。她望著安萬里，眼中是坦率的困惑，「老大的年紀比萬里大哥小嗎？那，爲什麼萬里大哥是副會長？」

「原因很簡單，因爲力量。」安萬里神情沉靜平和，像在述說著一件不會改變的眞理，「我們是妖怪，妖怪不像人類會比金錢、比權勢、比名聲。對我們而言，力量凌駕這一切之上。十炎的力量比我強大許多，是這裡的妖怪之首，所以我願意追隨他。追隨強者，本就是人或妖的天性。噢，當然帝君得在範圍外，那位可是別隨意招惹的難纏人物。」

末了，安萬里對珊琳眨眨眼，「別把我剛說的告訴十炎，否則他的六條尾巴眞的要翹起來了。」

「我會保密的。」珊琳認眞地點點頭，小手摀住嘴巴，彷彿要用這個小動作來證明。可接著，她遲疑地小聲問，「那……告訴百罌可以嗎？百罌也一定會保守祕密！」

「好吧，最多就告訴百罌學妹。」安萬里像是被逗樂地微笑。

珊琳拍撫心口，她和楊百罌之間向來鮮有隱瞞，除了這次她的私下行動。然而安萬里下一秒話鋒一轉，讓她瞬間受驚般地彈直身子。

「妳來這的事，學妹知道嗎？」

「我……百罌還不知道……」珊琳心虛地低下頭，腳尖在地面無意識地轉著圈，「我想幫助百罌，給她驚喜……」

珊琳稚氣的嗓音染上不明顯的委屈，她再抬起頭，渴求地凝望安萬里。

安萬里笑意斂起，但也只是一瞬，轉眼間又展開微笑，宛如什麼也沒發生過地說：「我哪，也很會保守祕密的。」

咦？珊琳驚喜地張大眼。這意思是說……

而還沒等珊琳再問出，電梯門已經「叮」地一聲打開了，一條走廊往前延展，進而消失在轉角處。

「我們走囉，珊琳。這一樓就是十炎的家，我的在別層。不過個人用的情報系統在他那，所以我們得去他家才行。」安萬里領著珊琳走出電梯，一邊向她做著簡單的介紹。

他知道這個綠髮的山精在過去七年都受到瘴異控制，無法離開楊家土地。而在重獲自由後，她大多時間也是陪同楊百罌一起做訓練，狩獵為惡的妖怪，往來最多的地方恐怕也只有繁星大學和楊家了。繁星市對她來說，或許就像個新的世界，因此他也不吝惜地提供更多知識。

「以後妳若自己過來的話，直接跟苗叔或其他警衛說一聲就可以了，他們會讓妳進來的。要是剛好碰到維安，他想給妳一個熱烈擁抱或是什麼的，別客氣，狠狠給他的胯下踢下去，或是用藤蔓將他吊起來。」頓了一下，安萬里笑吟吟地下一個結論，「我相信帝君不會介意她的徒弟暫時充當一樓大廳的裝置藝術的。」

「好……」珊琳努力地將這些事一一記下，「用力踢，或用藤蔓……」

「對了，我們這也有個小丫頭。她有些怕生，但熟了之後可熱情得很，妳們應該能成為好朋友。她叫胡……」安萬里的話被一陣驟然出現的驚天動地音響給截斷。

磅——那聽起來就像門板被人重重甩上，然後是啪噠啪噠的急促奔跑聲。

安萬里流露訝異，可腳步未停。他和珊琳繞出轉角，頓時竟見到一抹粉色身影如同砲彈般地高速衝來。

那速度讓安萬里無法閃躲，他一躲，後面就是絲毫不知道發生什麼事的珊琳。

「哎哎，十炎又惹出什麼麻煩了嗎……『眼睛啊，別望這雙手吧；可是我仍要下手，不管幹下的事會嚇得眼睛不敢看。』（出自《馬克白》）」安萬里張開的手掌上不知何時展開一本小巧的硬皮書籍，他的眼瞳染成一片深邃的碧綠，半邊臉頰覆上片片石岩。

眼看那枚粉紅色的砲彈就要重重衝撞上站於最前方的安萬里，說時遲、那時快，就在安萬里的最後一字平穩落下，一面白光之壁在他的面前瞬間拔地而起。

煞車不及的粉色身影只能一頭撞了上去。

砰！那聲音聽起來可一點也不輸方才的甩門聲。

珊琳反射性縮縮肩膀，饒是安萬里也不免皺下臉。

強力衝撞造成的反彈，讓那道粉色身影竟向後跌轉了幾圈，最後一屁股砸坐在地板上。

「聽起來好痛……」珊琳自安萬里身後探出頭，小小聲說，小臉像感同身受般皺成一團。

跌坐在地的當然不是什麼砲彈，那是個穿著粉色衣衫的小女孩。個子嬌小玲瓏，外表年紀與珊琳差不多大，一頭長髮在肩前垂綁成兩束，顏色像是充滿春天氣息的桃子色。白嫩的臉蛋相當可愛，只不過此刻正像包子般鼓起，大大的紫色眼眸中一下就蓄滿淚水。

「里梨我、里梨我……才不會因爲這樣就哭……我才不會……不會……嗚！」桃子髮色的小女孩發出一個響亮的吸鼻聲，隨後淚水像關不住的水龍頭，嘩啦嘩啦地流下來，「嗚啊啊

啊！嗚啊啊啊啊啊！爲什麼連牆壁也欺負里梨……」

即使是隔著安萬里設下的障壁，也無法阻擋那陣嚎啕大哭。

桃髮小女孩哭得稀里嘩啦，彷彿受了莫大委屈。

珊琳就像被那情緒傳染，不禁也想起自己曾抱著楊百罌放聲大哭。她不忍心見到那名陌生小女孩哭得那麼難過，連忙想跑上前安慰對方。但她忘記安萬里的障壁還未解除，頓時換她「叩」地撞上，額頭迅速泛紅。她摀著前額，控制不住地淚眼汪汪。

「『守鑰』的結界可是很堅固的，下次要記得等我解開。」安萬里苦笑地搖搖頭，「啪」地一聲闔上硬皮小書。

宛如呼應他這個動作，白光之壁剎那間消失得無影無蹤。

珊琳眨去差點也溢出的生理性淚水，三兩步跑向前，蹲在那名哭哭啼啼的小女孩身邊，從口袋拿出乾淨的手帕。

就算安萬里不像柯維安一樣，對小孩有著狂熱且莫名的喜愛，但他也得說看到特色不同、卻同樣可愛的綠髮小女孩與桃髮小女孩湊在一塊，眞是幅賞心悅目的景象。

毫不猶豫地用手機拍下這幕——這可是之後能拿來利誘柯維安跑腿的好東西——安萬里再走近兩名小女孩。

「我必須說明，那可不是牆壁哪，里梨。牆壁被妳一撞，估計都得裂了。」安萬里微笑地說。

胡里梨又吸吸鼻子，從旁遞來的手帕讓她暫時止住眼淚，緊接在後出現的溫和嗓音，則是讓她迅速抬起臉。

「副會長……」胡里梨的淚水又再度堆聚，「你聽里梨說……老大他、老大他……」

「我怎樣了？」閉掩的公寓大門冷不防被人打開，黑髮金眸的小男孩就站在那，清秀中又帶絲俊俏的小臉上，竟有著一團顯眼的青紫，還不偏不倚地正巧落在眼周，「胡里梨，妳說，我到底怎樣了？」

胡十炎罕見地咬牙切齒，沒了平日用來矇騙不知情人士的天眞爛漫。事實上，那張臉蛋就算用「近乎扭曲」來形容也不爲過。

「哇喔……十炎，這還眞的是……」安萬里的眼光簡直像在觀看珍稀生物。要不是清楚自己若敢拍照留念，手機絕對會在瞬間被狐火燒得連灰也不剩，否則他早就按捺不住了。

「嗚咿！」和安萬里的反應截然不同，一聽見胡十炎的聲音，胡里梨登時驚得跳起。她大力扭過頭，淚汪汪的紫眸裡既是傷心，也有著氣憤。

「老大、老大……」她哽咽地說，然後拔成高聲的大叫，「老大是大笨蛋！」

爆發出這麼驚天動地的一聲哭喊後，胡里梨接下來做出了在場誰也沒有預料到的行爲。她猛地一把抓住珊琳的手，拔腿就是往外衝，一邊跑還不忘一邊抽抽噎噎地哭罵。

「老大就是笨蛋、笨蛋、笨蛋！里梨我……再也不要理你了！嗚嗚嗚……」

短短一眨眼的工夫，胡里梨就強拉著反應不過來的珊琳跑進樓梯出入口，乒乒乓乓的奔跑聲還清楚地傳了過來，一會兒後才變得模糊，然後消失……

走廊上，只留一名男子和一名小男孩呆站著。

就算是見多識廣、應變經驗豐富的神使公會正、副會長，這一刻也著實愣住了，只能眼睜睜任憑這起「綁架案」發生。

「誰可以告訴我……」一直等到奔跑聲和哭喊聲再也聽不見，胡十炎才像是尋回自己的聲音，慢慢地說道：「現在是發生什麼事了？」

「嗯……可愛的里梨綁架了可愛的珊琳？」安萬里摸著下巴，認眞思索，「就我所看見的，似乎是這麼一回事。」

「她沒事幹嘛綁架別人家的山精？」胡十炎皺皺臉，然後因爲扯到臉上的瘀青而微抽一口氣。他沒有跟上去的最大原因，就是明白現在要是接近氣頭上的胡里梨，恐怕是連另一隻眼睛也要獲得「勳章」了。

別看胡里梨個子嬌小、外表惹人憐愛又無害，力氣可是超乎想像地大，把人揍飛出去可不是什麼困難事。

就算胡十炎貴爲六尾妖狐，又是神使公會的統率者，在沒有防備下，也還是避不了胡里梨一記重力加速度的拳頭。

「這個我可不清楚了，想必只能問問你是做什麼好事，你這個罪惡的男人。」安萬里聳聳肩膀，打趣地說道，心裡也不擔心珊琳的安全。再怎麼說，那都是準山神；更何況還有胡里梨在，「吞渦」一族向來也是不容小覷的。

「別耍嘴皮子了，你這個惹人嫌的老傢伙。」胡十炎刻薄地說道：「我什麼事都沒做，最多是剛剛在看新一季的夢夢露時，誇獎了裡面新出現的女僕角色。」

「胸部大嗎？屁股翹嗎？腿長嗎？」安萬里嚴肅無比地問。

「不准玷污我的聖域，夢夢露中的女性角色，你一個也不准意淫。」胡十炎這次是凶狠地露出尖牙，瞳孔呈豎狀，中指不客氣地對著安萬里比出。

「好吧，當我沒問。」安萬里語帶惋惜，卻也不想惹火魔法少女夢夢露的狂熱粉絲，尤其那粉絲還是個實力強大的六尾妖狐，「我猜里梨就是因爲這樣，才跟你鬧脾氣的吧？畢竟她自喻是你公寓的管家兼接待，地盤意識又重，一定是覺得你想找新人取代她的地位。」

「麻煩的小丫頭……我可是都能忍受她泡茶前一定得數完茶葉。」雖說胡十炎總是對安萬里出言刻薄，可對於對方的分析、判斷，其實是極爲信任的。他不曾說出來，但在他的心裡，認定他的左臂右膀就只有這名男人能夠勝任。

「晚些我叫維安去買十本偶像雜誌回來吧。」胡十炎做決定般地揮揮手，「你還沒說那名山精是來這做什麼的？別告訴我你的興趣什麼時候變成拐帶良家幼女了，那名保護過度的狩妖士居然沒跟著她一塊？」

「你都說出問題癥結了，十炎。」安萬里意有所指地微微一笑，「人與人之間尚需磨合，更何況人與非人。不過我相信這是不用太久就能解決的問題，我們毋須太擔心。我猜，我們要擔心的是另一件事。這時間點你沒在處理公事，而是跑去看夢夢露的動畫……碰到釘子了？」

「嘖，還眞是瞞你那雙狐狸眼不過。」胡十炎撇撇唇，「符家那群死腦筋的，果然拒收我們這的消息，派去的人都被趕回來了。我打算利用看動畫的時候，想想還有什麼辦法可以將消息塞到他們的嘴巴，逼得他們不得不吞下。」

「這種結果，我們不是早就事先預料到了嗎？」安萬里斯斯文文地說，掛著笑意，然而眼底是似乎誰也看不透的情緒，「我們是神使公會，但妖怪的數量居然比神使還多。在眾多狩妖士眼中，他們並不認同我們這個組織，因爲他們可是狩獵妖怪的人。對素來認定妖怪爲惡的符家就更不用說了，我們可是邪魔歪道呢，十炎。」

「那我就將這當成最高級的讚美吧。邪魔歪道又怎樣？反正我也不自認是正道。我們這群傢伙，只是在堅持自己想做的事罷了。」胡十炎咧開野蠻的笑容，金黃色的眼瞳裡暈染開獸類特有的野性，沒了平日僞飾的稚氣，看起來既威風凜凜又凶狠。

那才是六尾妖狐眞正的本性。

安萬里的微笑愈發愉快，這就是他認同的強者，他願意追隨胡十炎的意志行動。不過在這之前，有件事還是得先提出來……

「十炎，你不考慮戴個眼罩遮一下嗎？不然我怕『熊貓眼會長』的稱號，很快就要在公會裡不脛而走了。」

面對安萬里誠懇的建議，胡十炎的回答是扯開嘴，陰森森地說：「誰敢這麼喊，我就讓這成為公會新流行的象徵，每個人都來挨我一拳吧。」

□

「呼……呼……呼哈……」

胡里梨跑得飛快，一心只想趕緊離那個討人厭的老大越遠越好。但由於她一開始選了樓梯當作逃跑路線，現在也扯不下臉，中途改搭電梯——如果這樣做，老大一定會不客氣嘲笑她的——於是就抓著那隻胡亂中無意抓到的小手，乒乒乓乓地沿著長長的樓梯往下跑。一直到從樓梯間跑到了一樓大廳，才稍微停下來喘口氣。

「里梨？還有……珊琳？」櫃台後的苗錦關一見到突然出現的兩抹嬌小人影，忍不住吃驚地站了起來。

身爲這幢大樓的警衛，苗錦關自然也是認得胡里梨的。只不過那名桃子髮色的小女孩向來都待在胡十炎居住的那層樓，鮮少獨自跑下來。

如今對方滿臉淚痕，一副受了莫大委屈模樣地拉著安萬里的客人衝出，直覺事情不尋常的苗錦關說什麼也要問上一問。

剛停歇喘氣的胡里梨乍聞苗錦關的聲音，頓時像受驚般彈跳起。要是她有動物般的耳朵和尾巴，估計就會嚇得炸起一身毛。

「別、別過來……里梨我才沒有要做什麼……」胡里梨虛張聲勢地大喊，「我才沒有……沒有要離家出走！」

通常小孩子這麼說的時候，那就表示一定有。苗錦關立刻判定胡里梨要離家出走，他板起臉，表情不怒而威，決定要阻止對方。

不管再怎麼說，胡里梨都沒有自己到外邊去的經驗，誰知道這一跑會不會出什麼亂子？

「老大知道嗎？」苗錦關剛問出口，就瞧見胡里梨眼中淚水打轉，表情愈發委屈。

很好，那就表示不知道了。

苗錦關眼尖地注意到另一抹穿著和自己同樣制服的人影從電梯內走出，馬上高聲大叫道：

「老杜！擋住另一邊，別讓里梨丫頭跑出去！」

「咦？啊？」也是警衛身分的老杜似乎摸不著頭腦，但還是反應極快地大步一邁，和苗錦關一前一後包夾住胡里梨和珊琳。

珊琳一臉茫然，到現在仍反應不過來發生什麼事。

「你們、你們……大叔你們也壞！就跟老大一樣壞！」胡里梨像是被逼急了，淚眼汪汪，紅著眼眶，氣惱地猛一跺腳，「不讓開的話……就要告狀！里梨我要告訴大家，苗大叔上班偷玩CANDY，杜大叔……在和一個女高中生當網友！」

胡里梨連珠砲似地一喊出話後，苗錦關和老杜登時都是一僵，威嚴的表情再也掛不住，擺明就是被人抓到了把柄。

趁著這個當下，胡里梨沒有放過大好機會，立即突破出現漏洞的防守，一溜煙地拉著還呆愣著的珊琳跑出大樓外。

苗錦關和他的警衛搭檔動也不是，不動也不是，最後只能任憑兩抹嬌小人影脫逃成功。

「……為什麼她會知道我上班開小差？」苗錦關抹把臉，接著望向外表粗獷高壯的同伴，「老杜，杜伊升……你真的在和高中小女生當網友？」

「就、就臉書上認識的，等等，對方可是已經滿十八了。而且我又沒結婚，我們兩人絕對是健康純正的網友關係！老苗，不要因為你叫錦關，就當自己是警察審問我！」

「放屁，誰想審問你這老傢伙？我只是想不懂……為什麼里梨會知道這些事？」

苗錦關和杜伊升面面相覷，得不出答案。

而甩開兩名警衛的胡里梨才不會在乎他們在煩惱什麼，也不會告訴他們這些都是帝君跟她說的，她幾乎是胡亂地見路就鑽。等感覺到身後有股大力道扯著她，而且周遭的聲音好像變多變大，她頓時煞住腳步。

一回過神，胡里梨發現竟是路上行人在對她們指指點點。

有人在問：「這是在拍什麼廣告嗎？」

有人東張西望地尋找攝影機，更有人拿出手機或相機。

胡里梨白了小臉，總算意識到自己沒隱身就跑出大樓，跑到屬於人類的街道上。自己的桃子色頭髮和紫色眼睛都格外引人注目，更不用說她身邊……

咦？奇怪了？她什麼時候抓著一個綠綠的人在一起？

胡里梨呆了呆，而同一時間，還是回過神來的珊琳反應得快。她迅速吹出一聲尖銳的口哨，狹長的路上，栽種在兩側的樹木、盆栽，一瞬間全發出了強烈的沙沙聲響，如同狂風吹掃過葉片。

突如其來的聲音果然讓所有人反射轉頭察看究竟。

利用注意力被轉移的當下，珊琳反客為主，換她拉著胡里梨閃進一條暫且無人的巷弄內。

「放……放開里梨！」終於意識自己身旁多了一個人的胡里梨趕緊甩開對方的手，緊張地跳離一大步，但隨即又像是覺得這距離不夠，她發現路旁有根電線桿，於是改跳到那後面去，露出半張小臉。

「里梨我沒錢的，妳綁架我也得不到好處……而且老大才不會付，他一定不會付贖金……」像是想到什麼，胡里梨悲從中來，眼淚登時在眼眶中打轉，眼看下一秒又要哭出來。

「我是楊家的珊琳，就是百罌她們家的珊琳。」其實自己才是被綁架的那一個，可是好脾氣的珊琳顯然一點也不介意。她試著朝面前看起來和她差不多大的小女孩露出友善害羞的笑容，還不忘遞出手帕，「這個借妳，上面有小白大人幫我縫的小熊喔。」

「里梨我也喜歡小熊……」胡里梨小小聲地說，先是把藏在電線桿後的半張臉也探出，然後再扭扭捏捏地移動步伐。一步、兩步、三步，她和珊琳面對面了，「我也知道小白，是頭髮白白、和維安感情很好的神使對不對？維安說，他和那個小白是好麻吉，內褲還都會一起洗。不過小白答應要給里梨我的小熊還沒給我……」

這時候，換人在圖書館內找資料的一刻打了個噴嚏，背後還沒來由地爬上一陣莫名惡寒。

珊琳眨眨眼，最後決定不糾正——維安大人其實是偷偷把自己內褲丟給小白大人洗的。

「還有楊家，里梨我也知道妳說的楊家。」胡里梨接過對方的手帕擦擦眼淚，兩隻眼睛從手帕後露出來，「老大說過，那是他最喜歡的狩妖士家族，他們不會討厭妖怪，也會和公會交換情報。他最不喜歡的是符家，他們是……他們是……」

胡里梨皺起臉蛋，像是絞盡腦汁地想找出適合的形容，旋即她靈光一閃地大叫一聲，「是老頑固，不聽妖怪話的榆木腦袋！啊，後面這句是帝君說的。」

「我還沒見過百醫家以外的狩妖士，不過百醫家的人眞的都很好。」聽見自己守護的楊家被誇獎，珊琳與有榮焉地得意挺起胸膛。

「妳是楊家的人，又是副會長帶來的人……那妳也應該是同伴才對。」胡里梨把手帕都移下，不再遮著臉，她嚴肅地問：「里梨我問妳，副會長最喜歡什麼？維安最喜歡什麼？」

「萬里大哥喜歡書、還有蒼井……蒼井……蒼井天使！」珊琳也嚴肅地回答，「維安大人喜歡十歲以下的小孩子。可是很奇怪，他好像不喜歡老大？」

「答案應該是蒼井索娜，不過副會長都叫她天使，所以也算妳回答正確。老大的氣場太強大，維安總是說他吃不下……很好，妳都答對了，妳果然是同伴。」胡里梨正正經經地伸出手，「里梨，我叫胡里梨，胡是老大的那個胡喔。」

「我是珊琳。」珊琳像是受影響地也自我介紹一次，她依樣畫葫蘆地跟著伸出手。

兩隻小小的手掌交握在一起，這一刻，像是只有她們兩人才明白的友情誕生了。

下一剎那，珊琳驚覺巷外有腳步聲接近，急忙說道：「有人來了，我們要變裝才可以，不能讓人知道我們不是人類。」

珊琳自己又遮掩起綠色的髮絲，重新化爲先前的褐髮、穿著連身長裙的小女孩。她回頭一看，身旁的胡里梨亦是改變了髮色、眼色，取而代之的是黑髮、黑眼，衣飾也是不會引人疑竇的普通童裝。

巷外果然有人走過，但誰也沒對巷內的兩名小女孩投以懷疑的眼神。

「完美的變裝。」胡里梨得意地轉了一圈，又驀然想起什麼，拉過珊琳，兩人頭靠著頭，「珊琳，我們合照，跟里梨我一起說『七』——」

珊琳有些害羞，但還是露出笑容。

「卡嚓」一聲，平空浮現在胡里梨手上的手機拍下了照片。螢幕上的兩名小女孩笑得天眞爛漫，看起來就像一對可愛姊妹花。

「很高興認識妳，里梨。」拍完照，珊琳認眞地向胡里梨彎腰道謝，「那我先回去找萬里大哥了，我還有事情要拜託他。」

「哎？什麼？什麼？」沒想到珊琳居然要馬上回去銀光大樓，胡里梨頓時慌張起來，眼淚不禁也生了出來，「不可以，妳應該要陪里梨我……不對，是里梨我可以陪妳一起做事。不要回去找副會長那隻老狐狸，有我在，我也可以幫得了妳啦……嗚嗚，里梨我眞的很厲害……」

「妳眞的可以幫我？」珊琳張大眼睛。

「當然，里梨我可是『呑渦』呢！」胡里梨抹抹眼淚，抬頭挺胸，一副不容小覷的架勢。

珊琳並不知道「呑渦」是怎樣的妖怪，但胡里梨胸有成竹的模樣讓她不自覺地相信。最重要的是，她內心深處也擔心楊百罌會很快就找到銀光大樓來。

不可以，她要瞞著百罌幫她！

「那拜託妳了，里梨。」珊琳有禮地低下頭。

胡里梨破涕爲笑，「沒問題的，那珊琳也要答應里梨我一件事。」

「什麼事？」

「那就是……」在珊琳坦率的注視下，胡里梨奮力挺高小胸膛，一手高指天空，氣勢萬千地大聲宣布，「陪里梨我離家出——」

咕嚕……咕嚕……咕嚕咕嚕……一陣飢腸轆轆的叫聲驀然響起，源頭處正是來自——

胡里梨的肚子。

第九章

麵攤老闆阿義是個看起來飽經風霜的中年人，明明是四十出頭的年紀，但兩鬢頭髮已呈灰白，兩條法令紋和眉心間的皺紋如深溝，眼角還有條轉淡的疤痕，一身氣勢與尋常麵攤老闆截然不同。因此來光顧的客人常私下猜測，這位老闆是不是以前曾混過黑道……

不過猜測歸猜測，由於這裡的食物料多實在，加上又鄰近第二圓環，所以上門的客人還是絡繹不絕。

阿義當然也聽過諸如此類的傳聞，倒也不放在心上，只是自顧自地做生意。但是在今天下午，他沒來由地感到有種不安的兆頭，眼角更是抽跳了好幾次。左眼吉、右眼凶，他猛跳的是右眼，難道眞有什麼壞事要發生嗎？

阿義表面上不動聲色，暗地裡可是緊張地觀察四周。

附近車水馬龍，他的攤子前又只有兩名小女娃在吃麵，怎麼看都不像有壞兆頭要降臨啊。

阿義納悶地撓撓頭髮，解下綁了大半天的毛巾，目光最後再回到此刻僅有的兩名小客人身上。

兩名小女孩看起來一活潑一安靜，頭髮顏色不同，臉也長得不像，不過卻都相當可愛。

然而這麼可愛的孩子身邊，不但沒有人陪……話說那食量也有點驚人了吧？阿義傻愣愣地看著長髮在肩前綁成兩束的黑髮小女孩狼吞虎嚥，一大碗湯麵眼看就要掃個精光，面前數盤小菜早已盤底朝天。明明就是嬌小玲瓏的身子，怎麼食量和成年男人差不多？

相較之下，另一名褐髮小女孩的吃法就像是小雞啄米，還專挑青菜吃。

目瞪口呆之餘，阿義不免也猜想黑髮小女孩是餓了多久，難不成她家裡的人沒讓她好好吃飯嗎？

「里梨我吃飽了！」胡里梨放下筷子，滿足地打了一個飽嗝，小嘴還沾著些許油光，「呼哈……還是人類發明出來的這些食物好吃。」

咦？阿義耳朵動了一下，不確定自己有沒有聽錯。剛剛那孩子……是說什麼的食物好吃？

「我也喜歡人類的食物，只是百罌的餅乾都會焦焦的。」珊琳細聲細氣地附和，「但其實我只要有露水和山裡的靈氣就可以飽了。」

等等，怎麼連另一名小孩子也開始說出些匪夷所思的話？

「里梨我應該也差不多，可是就會想吃人類的食物。而且老大也說過，人類很難吃，妖怪也不要亂吃，會壞肚子。」胡里梨認真地搖頭晃腦，殊不知她的這番話讓阿義的寒毛瞬間都排排站了起來。

媽啊！這是什麼對話？人類很難吃？妖怪也不要亂吃？

「伯伯。」突然有聲音轉對阿義說話。

阿義瞪大眼，差點蹦跳起來。他看見黑髮的那一個跳下椅子，一步步走近他。

「伯伯，你聞起來就不錯吃。」胡里梨看似害羞地用小手摀著臉，露出一雙大眼睛，然後那雙烏黑的眼睛染成紫色，一股非比尋常的氣息也跟著釋放出來，「你不告訴我消息，里梨我……就要吃你了！」

阿娘喂啊——寒意一口氣衝上阿義後背，連腦門也感到一陣發麻。

面前小女孩的氣息壓得他險險站不住腳，這一切都只因爲對方是階級比他還高的，妖怪。

沒錯，在上門客人眼中像曾當過流氓的阿義根本就不是人類，而是貨眞價實的妖怪！

「請、請等一下，這位小小姐，我可不好吃的，吃了會壞肚子！」阿義面色灰白，總算知道自己的眼皮今日爲何無端一直跳，「妳想問什麼，我知道的我一定告訴妳，拜託妳口下留情了！」

「珊琳、珊琳，妳快問他吧，妳要找的妖怪叫什麼名字？」胡里梨向珊琳招招手。

「伯伯，你知道『牙突』是什麼嗎？」珊琳細聲問，仍是一副乖巧的模樣。

可是阿義清楚瞧見了對方的眼珠也從棕黑變淺……原來這個也不是人類嗎？

阿義沒想到今天一碰就碰上兩名同胞——他不知道珊琳其實是山精——而褐髮小女孩口中的名字，同樣也令他大吃一驚。

「牙突它們可是很狡猾的一種妖怪啊，兩位小小姐。」阿義壓低聲音，極力勸阻著，「我不知道妳們想找牙突做什麼，但還是別輕舉妄動地靠近它們。它們那支在我們之間的風評很差，狡猾又愛吃小孩子，尤其是女孩子，有時還搞得人類都差點要注意到什麼。妳們也知道，像我們這類的妖怪，只是想安安分分地在人類世界生活，要是引發了什麼問題……可就不容易留在這了啊。」

「所以伯伯認識牙突嗎？」珊琳又問。

「什麼？不認識、不認識，誰認識那種風評差的妖怪。我也只是聽過而已，沒眞正見過它們。」阿義趕緊大力搖手，就怕自己被人視作同一掛。他可是奉公守法的好妖怪，很認眞在人類社會中餬一口飯吃的。

倏地，阿義又感覺到眼皮大力一跳。他心裡糊塗，難不成右眼凶不是凶他遇上兩名等級比他高的小女娃嗎？

「那伯伯有聽說牙突來繁星市的消息嗎？」這次換胡里梨問。

「繁星市有牙突!?」阿義震驚不已，顯然也是初次聽聞，「小小姐，妳們說的是眞的假的？那妳們千萬更別靠近水池，夭壽喔，我也要趕緊回家警告我女兒。她才五歲就老是愛趴趴走，還跑得跟飛一樣。雖然牙突基本不愛我們這款的……但小心爲上。」阿義嘴上緊張地抱怨，手也開始迅速收起東西。

珊琳和胡里梨面面相覷，正想問得更詳細點，突然間，一道尖銳的哨音劃過了第二圓環。

嗶——嗶嗶——

阿義這下是眞的跳起來了，他總算知道右眼今天拚命跳的原因了。

是條子！人類條子來開單了！那才叫眞正的煞星上門，要是單一開下去，他今天賺的都要去了了啊！

「抱歉了，小小姐，我先閃了，這頓我請妳們，妳們也趕緊回家，別找什麼牙突了。」阿義加快手上速度，三兩下就把桌椅收起，疊上推車。

「站住，又是你！這裡可是禁止擺攤的！」穿著制服的警察衝了過來。

阿義忙不迭地腳底抹油溜了。

珊琳揉揉眼睛，瞬間以爲自己看錯了。那位伯伯的身後……好像有條大尾巴在晃呀晃的？

「那是貍貓妖怪喔。」胡里梨說：「他眼睛的疤是和貓咪打架打輸時弄上的，這是副會長告訴里梨我的。他說二環有隻賣麵的貍貓妖怪，東西很好吃。然後那隻打贏他的貓咪現在在我們公會當見習生，叫戊己，不過他還是貓，不能變人工作。」

就在這當下，已經跑到另一端路口的阿義忽地回頭大叫，「小小姐，我感覺到還有什麼要來！『它』就要來了，妳們快離開吧！」

珊琳和胡里梨一驚，反射性回頭。

「小妹妹，妳們的爸爸媽媽呢？只有妳們兩個人嗎？」另一名女警笑吟吟地走過來，「大姊姊先帶妳們到警察局等爸爸媽媽好不好？」

她們被當作走失兒童了！

胡里梨一看見陌生人下意識就想躲起，可又思及自己比珊琳大——她的身高高珊琳一點點，所以就是她比較大了——覺得自己該站前面，猶豫不決之際，珊琳已快一步做出反應。

「媽媽……媽媽就在那裡！」珊琳馬上指著女警的後方，大喊一聲。

趁著對方被分散注意力，珊琳和胡里梨連忙拔腿就跑，將女警緊張的叫喊拋甩在後頭。

一開始是珊琳拉著胡里梨跑，不知不覺間又換成胡里梨拉著她跑。兩名小女孩跑得上氣不接下氣，倒也都忘記她們不是人類，可以用更快、更簡單的方式躲避警察。

終於，兩人停下來不再跑了。她們靠著一面牆壁直喘氣，像兩隻氣喘吁吁的小狗，隨後她們再也忍不住地咯咯笑起。

「嘻嘻……」

「哈哈哈……」

「真刺激啊！」胡里梨的雙眼發亮。

「嗯！」珊琳也大力點頭

兩名小女孩又對望一眼，再咯咯地笑，接著才注意到她們靠的原來不是牆壁，而是公車候車亭的背面廣告看板。

這裡是……珊琳詫異地張大眼睛，周遭環境讓她覺得眼熟。而當她瞧見宛如凹深山谷的翠綠公園和倒映綠蔭的水池後，她立刻回想起來，這是她今天更早前才來過的地方。

紅葉公園！

「哎？這裡是哪裡？眞漂亮……」胡里梨興奮地跑到欄杆前，從上往下望，「是凹下去的耶，好多樹。」

「這裡是紅葉公園。」珊琳也跟著往下望，先前的警察、記者都已不見，封鎖線也拆下，只剩一些遊客在散步。

這是一幅寧靜的美景，誰又想得到這裡稍早前曾發生過孩童溺斃意外？

「是水池。」胡里梨緊盯著那片青碧，想到賣麵阿義曾說過的，千萬別靠近水池，「珊琳、珊琳，我們去調查那座水池吧，說不定牙突就躲在裡面吃人。」

「可是，那裡沒有人被吃掉過……」珊琳搖搖頭。發現胡里梨滿是疑問，她說了自己下午在這遇到的事，「人類的小孩子淹死在裡面，已經是第三件了，但是屍體有被發現。牙突不是吃人嗎？那些掉下去的小孩子沒有被吃掉，所以牙突應該不在這裡面，不過……」

珊琳遲疑了一會兒，還是忍不住吐露她在這座公園碰上的異常。

美麗得不可思議，但也不知道是不是眞的存在的虛幻之花……離開紅葉公園後就感受到的視線和有人尾隨的感覺……以及在銀光大樓前突然出現，欲攻擊她的妖怪……

珊琳每說一項，胡里梨的眼睛就越閃亮一分。

最後，胡里梨抓住珊琳的手，雙眼放光地說：「沒關係，就去嘛、就去嘛，還是可以調查看看，里梨我跟妳一起去！因爲是水池，貍貓妖怪不是也說水池不能靠近？還有妳的那張紙，也有說牙突躲在水池裡吧？」

珊琳點點頭，又重新拿出那張她偷偷從楊家帶出來的文件。

牙突會食人，主要出沒地皆在水池……雖然尚未確定牙突究竟有沒有來到繁星市，但珊琳內心深處其實對疑似出現在水池上的花相當在意。

也或許，水池裡躲藏著其他東西？

「說不定眞的有人被吃掉，只是沒人知道呢。」胡里梨又說。

「……好，我們去調查。」就是這句話讓珊琳下定決心，她鄭重地點點頭，「先從水池左邊嗎？還是右邊？」

事實上，紅葉公園底部的水池面積相當大，說是佔了整片下層也不爲過。

可是胡里梨卻笑咪咪地搖搖手指，「不是右邊，也不是左邊。」

「咦？」

「是公廁外面唷。」

「欸？」珊琳的眸子頓時睜得又大又圓，不明白怎麼會跑出這個匪夷所思的結論。

「要調查事情呢，首先要調查有沒有知道什麼的證人存在。」胡里梨得意地咧開笑，「里梨我很聰明的，知道有種小妖無處不在，看見一隻等於四周有三十隻，跟人類家的家庭害蟲差不多。沒有太大的危害，但是在這世界上也是屹立不搖地存在很久了喔。」

「……蟑螂妖？」珊琳遲疑地問，她只想得到這個，「我不太喜歡蟑螂，百罌也不喜歡。」

「不是蟑螂妖啦。」胡里梨笑嘻嘻地吐出最後三個字，「是——雜鬼。」

雜鬼，名爲「鬼」，但也不是眞的純粹的鬼魂。

它們其實是負面的意念，加上一些沒自主意識的幽靈碎片組成的東西，外形如黑色煤團。只有一隻的時候沒什麼危害，然而一旦聚集得多了，就會造成那個地方運勢低落。

如果是待在人類家庭裡，那麼那個家的人就會逐漸感到精神不濟、有氣無力，彷彿身上扛著無形的重擔。

雖然普通人看不見雜鬼，但它們可說無所不在，尤其是陰暗、潮濕的角落，格外會堆集。即使是像紅葉公園這麼一個新建造、環境優美的公園，也免不了有這樣的地方。

例如，公廁附近。

紅葉公園裡的男廁、女廁分建在兩個不同的位置，爲了不多啓人疑竇，胡里梨和珊琳挑的當然是女廁外。加上今天不是假日，女廁周圍罕有人跡。

「很好，沒有人。」胡里梨左右張望了一下，還跑進廁所裡逐一檢查，再跑出來嚴肅地向珊琳交代，「珊琳，妳幫里梨我好好把風喔。」

見到珊琳回以同樣嚴肅的態度，胡里梨無預警地朝地面一跺腳。

「砰、砰」兩聲，竟然有兩、三團黑色圓形球體從牆邊滾出來。

「里梨我要問你們。」胡里梨蹲下身子，眼眸又恢復紫色。她微張嘴巴，足以讓那幾隻雜鬼看見她的牙齒轉成尖銳，「最近這裡有沒有發生什麼奇怪的事？有沒有人類被吃掉了？」

「水、水池……」被強迫叫出的雜鬼哆嗦著回答，「有東西從地下水脈移動……秋紅池的小鬼被吃掉了，被吃得一乾二淨，裡面什麼都沒有了！」

雜鬼忽然僵住身體，彷彿在瞪著某個方向，彷彿那裡有什麼可怕的東西。

胡里梨和珊琳卻沒有留意到，她們兩人正被雜鬼說的內容吸引過去。

有人被吃掉？在哪個水池被吃掉？

「在哪裡？秋紅池是哪裡的水池？」胡里梨發出凶狠的喊叫，嘴巴咧得更開，尖牙森白。

「在這裡，紅葉公園裡！這裡的水池就叫秋紅池！」雜鬼拔聲尖叫，「有東西來了！『它們』來了——」

雜鬼的尖叫帶著恐懼，它們剎那間隱去身形，躲得無影無蹤。

胡里梨和珊琳猛地扭頭，大睜的紫眸和棕眸赫然倒映出其他黑色的身影。

猙獰的外貌，六隻長滿堅硬鋼毛的腳，渾圓如籃球大小的軀體，而且不止一隻！

「里梨小心！」珊琳高喊，不假思索地蹲身一拍地。覆滿草葉的地面似乎一陣起伏，只到人腳邊的綠草霍地拔高交纏，就像綠色的長鞭，朝迎面而來的黑影飛甩出去，逼得它們不得不爲了躲閃改變行進方向。

與此同時，珊琳飛快再合起雙手，發出清脆的聲音。

宛若在呼應這聲音響，紅葉公園的女廁附近乍生霧氣，將四周環繞住，以防被不相關的人們目睹這超乎尋常的一幕。

珊琳一眼就認出了，這些無端現身的黑影，正是今日在銀光大樓前攻擊她的妖怪！

它們到底爲什麼要鎖定自己？

「是六狼蛛！珊琳，里梨我和妳一人負責一半！」見身周區域被霧氣繞起，胡里梨也不再維持人類的僞裝。她的長髮被桃子色取代，身上衣飾也改變，緊接著身後湧出另一股黑影。

黑影如同可怕的獸類，張開大嘴，尖利的牙齒遍布上下兩顎。那張嘴巴越張越大，像能吞盡一切。

嚇人的身影像震懾住了六狼蛛，再度撲往兩名小女孩的四道黑影頓了一頓，似乎在遲疑著要不要繼續進逼。

可是猶豫也只是剎那，生有六足、體覆鋼毛的妖怪驟然全速撲向前。明明有兩名小女孩，然而它們的目標竟然都是針對珊琳。

它們眞的是專門鎖定珊琳而來！

「唧唧，美好的味道……」

「忍不住了，主人會原諒我們的！」

「讓我們吃……讓我們吃唧唧唧唧唧！」

面貌醜惡的妖怪發出尖銳的叫喊，它們的頭部浮上六隻暗青色的眼睛，突出的眼珠骨碌骨碌轉動。

但在四隻六狼蛛欲群體撲圍上綠髮小女孩的瞬間，大片黑影呼地掃來，不偏不倚擋在珊琳身前。

其中兩隻六狼蛛衝得太快，煞不住速度，便一頭撞進黑影中。

不，那不是單純的黑影，而是一張大張的嘴巴。

那兩隻六狼蛛甚至還來不及發出慘嚎，就被猛然闔上的上下排利齒咬得卡卡作響。

「里梨我說了，你們的對手還有我。」胡里梨身後的黑影微收回去，她舔舔嘴巴，稚嫩可愛的小臉竟有種猙獰，「討厭的蜘蛛，果然很難吃。不過里梨我啊……會把你們都吃光光的！」

餘下的兩隻六狼蛛不敢貿然上前，它們不知道那名桃髮小女孩是什麼來頭的妖怪。可是從另一名綠髮小女孩身上溢出的靈力香味，又實在太引人食指大動。

想吃，想吃掉啊……將她吃得一點也不剩！

兩隻六狼蛛猝然又展開攻擊。

同時，珊琳和胡里梨也聽見身後傳來原先沒有的沙沙聲，就像是有什麼生物在快速地穿過草葉。

珊琳快一步回頭，不待胡里梨也想察看，她立刻高聲喊，「里梨專心，後面交給我！」

原來沙沙聲的源頭來自另外的六狼蛛，又有兩隻六狼蛛從另一方向出現了。

這下子，兩名小女孩受到兩面夾擊，但她們臉上不見懼色。

之前珊琳已展露一手，胡里梨自是相信對方有能力處理。因此她真的沒有回頭探看究竟，水晶紫的眸子倒映出向自己衝來的兩道身影。

擁有六隻青綠眼珠的六狼蛛們霍地噴吐出大量絲線，那不是白絲，而是一種難以形容的髒污絲線，就像是諸多色彩雜亂地混在一起，最後變成了一團混濁。

蜘蛛絲在半空交織成一片大網，眼看就要將胡里梨罩網住，然後六狼蛛們就會趁機咬囓上那具無法動彈的嬌小身子，不留情地大快朵頤。即使不像另一名小女孩滿身甜美的靈力味道，可是吃掉身為妖怪的她，想必多少也能增加自身力量……

打著如此算盤的六狼蛛們卻是作夢也沒想到，胡里梨居然伸出雙手，毫不猶豫地主動抓住了蜘蛛絲，隨後大力拽扯。

超乎想像的蠻力，連口吐絲線的六狼蛛們也大吃一驚。

「老大有誇獎過喔，里梨我的力氣……可是很大的！」話聲驟落，胡里梨已再擺動雙手，抓著蜘蛛絲往旁使勁一甩。

兩隻六狼蛛不偏不倚重重撞在硬實的樹幹上。

最先撞上樹的還承擔了同伴壓來的力道，兩方衝擊下，迸裂得血肉模糊，隨後是蒸化成縷縷黑煙。

另一隻則是撞得七葷八素，滾落到草地上。

就在那隻六狼蛛半昏死過去之際，針對珊琳的另外兩隻六狼蛛也沒什麼好下場。

珊琳一直以來都生活在楊家山上，對妖怪的認識也不夠多，自然無從明白「六狼蛛」是怎樣的妖怪。然而在她眼中，這兩隻體型接近籃球大小的大蜘蛛，是遠遠比不上瘴異可怕的。

雖然此地是公園，不過四周栽植了各種植物，對身爲山精的珊琳來說，可謂是如虎添翼。植物就是她的武器，就算將這裡稱作她的武器庫也不爲過。

又一波草葉突地飛速生長、延伸，再交纏成一塊，當下就成了堅韌無比的草之鞭。

每條青綠色的草鞭飛舞，乍看下竟有如靈蛇張牙舞爪，氣勢驚人地向著兩隻六狼蛛襲去。

先是各一條鞭子捲繞住那團球狀的軀體，不等它們有反擊的機會，又是兩條鞭子迅雷不及掩耳地襲來，尖端銳利如劍，瞬間就是筆直扎穿了六狼蛛。

兩隻小妖的眼珠掙扎地閃滅幾下光芒，接著就全然地暗下，沒了聲息。

見自己對付的六狼蛛成爲黑煙消逝，珊琳解除草鞭，急急忙忙地想確認胡里梨的狀況。

胡里梨正將那隻唯一存活下來的六狼蛛拎來，她的身後沒有絲毫黑影環繞，方才可怕的一幕彷彿只是幻覺。

「里梨，妳還好嗎？有沒有受傷？」珊琳還是擔心地問了，說完還不忘東張西望一下，以確認不會再有新一批六狼蛛埋伏、偷襲。

「里梨我是『呑渦』，很厲害的。」胡里梨得意洋洋地挺起胸膛，手上則是不客氣地將六狼蛛扔在地上，「珊琳，妳認識這幾隻六狼蛛嗎？」

「不認識……」珊琳困惑地搖搖頭，「可是，它們長得跟在銀光大樓出現的那隻一模一樣。我不知道它們爲什麼要攻擊我。里梨，妳說它們是六狼蛛，六狼蛛是怎樣的妖怪？」

「這個里梨我知道。」胡里梨蹲下來，大刺刺地翻動那隻還沒清醒的六足妖怪，「六狼蛛，蜘蛛系的妖怪，有六隻腳、六隻眼睛，也會吐絲，還會自行分裂出小蜘蛛來。看這個大小，不可能是本體，應該是分裂出來的分身。和一般蜘蛛妖怪不太一樣，六狼蛛會在水池中生活，尤其是充滿軟泥的水……！」

胡里梨猛地抬起頭，紫眸和珊琳的棕眸撞在一塊，兩人的眼中都有著驚疑。

水池……而珊琳正是離開紅葉公園後才被六狼蛛盯上，加上雜鬼說過的話……

「有東西從地下水脈移動……秋紅池的小鬼被吃掉了，被吃得一乾二淨，裡面什麼都沒有了！」

「在這裡，紅葉公園裡！這裡的水池就叫秋紅池！」

胡里梨和珊琳呆然對視。難道說……她們從一開始就弄錯了？紅葉公園的秋紅池的確躲著東西，但不是牙突，更可能的……是躲著六狼蛛的本體？

「但、但是，這樣也不對。」珊琳茫然地眨眨眼，「眞霜姊姊說這裡有三起溺斃意外，屍體都有打撈上來，六狼蛛是不吃人的嗎？」

「里梨我聽說它們是雜食，但絕對不是吃素，它們剛不是說要吃我們嗎？」胡里梨自己也暈頭轉向了。原以爲有了新突破的發現，但馬上又撞上死巷。她甩甩頭，紫眸瞪著地上的六狼蛛，手指旋即大力地推戳它，「醒來，里梨我叫你醒來！」

六狼蛛的六隻眼珠顫顫巍巍地轉動幾下，一會兒後像是清醒過來了。目光一見到身後的珊琳，馬上又流露出貪婪的渴望，凶猛地想再發動攻擊，只不過迅速被另一股力量壓制住。

「里梨我要問你問題。」胡里梨張手壓在六狼蛛背上，逼得它不能動彈，「你們的老大是不是躲在秋紅池裡？不說就捏爆你喔。」

「唧唧唧！怎麼可能說？除非讓我吃掉綠髮的女娃我就說！」六狼蛛尖銳地喊，「否則就捏爆啊！憑妳那小手掌，眞以爲可以輕易捏……」

六狼蛛再也沒機會說完話了，因爲更大的「啪滋」聲讓它身體變成一灘被壓扁的玩意。

胡里梨的手掌太小，要一把捏爆它的確做不到，可憑她的力氣，一掌拍扁卻是輕而易舉。

「誰會讓你吃掉珊琳呀，她是里梨我的朋友！」胡里梨怒氣沖沖地又往地面的蛛屍踩了一腳，「呆子、傻瓜、蠢蛋！」

珊琳還是第一次碰見同年齡的朋友幫她出氣——從外表看她們確實是同年齡——心中不禁湧上一股溫暖，只是還有一件更重要的事她不得不先說。

「里梨……」珊琳拉拉胡里梨的袖角，細聲細氣地說：「我們還沒問到話耶，怎麼辦？」

「……啊！」胡里梨後知後覺地驚叫一聲，白嫩的臉蛋慌張地皺成一團，她心裡焦急地轉了幾個圈，「糟了、糟了，里梨我眞是笨蛋……怎麼辦？現在死無對證……不對，好像也不是這樣說？到底該怎麼辦……」

大好的機會卻被自己搞砸，胡里梨不禁慌得淚眼汪汪，兩泡淚水蓄在眼眶裡。

「要不，我們回去問萬里大哥？」珊琳想了想，提出一個建議。

「不不不不行！」胡里梨登時跳了起來，極力反對，「里梨我不回去，我還在離家出走……老大壞，一定會取笑人的，里梨我才不要靠副會長和老大的幫助……有了！」

胡里梨忽地靈光一閃，連忙抹去差點掉出來的眼淚，抓住珊琳的手，雙眼放光地說，「找維安！找維安幫我們找資料，就不用著拜託老大和副會長了，老大也不能取笑里梨我了。」

「咦？但是……」珊琳想起楊百罌交代過的，快期末考了，大家都在忙著唸書，她趕緊飛快搖頭頭，「不行、不可以，維安大人要忙考試，不能打擾他。」

「考試？」沒想到胡里梨露出大大的笑容，「那就更不用擔心啦。維安的神是文昌帝君大人，帝君大人是掌管考運跟學運的，她一定會保祐維安，所以完完全全不用擔心。」

胡里梨說得自信滿滿又頭頭是道，珊琳頓時被說服了，終於也贊成地點點頭。

假使張亞紫有聽到這段對話，恐怕會雙手抱胸、嘖嘖地說：如果沒有付出足夠努力，就算是天皇老子，本帝君可也不會保祐他的。

見達成共識，胡里梨這才驀然想起來，她剛剛是徒手打扁六狼蛛，她的臉又皺起，不過這次是因爲另一種原因。

「珊琳，我們先洗手，我還握妳的手……我們趕快先洗乾淨。對了，妳的結界也可以解開。」胡里梨眨下眼，身上的衣飾又回復到僞裝成人類孩童的款式，頭髮和眼珠也染成深黑。

「好。」珊琳也仿傚胡里梨的行動，重新僞裝成人類。她抬手一揮，霧氣消散。

紅葉公園內的景象如昔，在走道漫步的遊客像是全然不曾發覺異樣。

胡里梨對著自己的手大皺眉頭，她望望周圍，明明女廁就在一旁，可她眼珠一轉，竟是往水池邊的方向跑去。

「里梨？」珊琳嚇了一跳，追在後頭，想拉住對方，「那危險，萬一水池裡的東西……」

「里梨我就是想看能不能引出什麼。」胡里梨正經八百地說：「只要有一點動靜，說不定就可以判斷出躲在裡面的是不是六狼蛛。」

「可是……」珊琳有絲遲疑，不過想得知線索的心情還是勝過了一切。更重要的是，她很在意之前在秋紅池偶然一瞥的花。

她是眞的看到了，抑或是陽光產生的一瞬錯覺？

學著胡里梨在水池邊蹲下身子，珊琳的雙眼卻是直視水池中央處，然後她的一雙棕眸驀地睜大。

有東西在池面上，一瓣瓣地伸展開來，透明如結晶，日光折射出七彩絢麗的光芒……說有多美麗就有多美麗，教人難以再移開視線。

是花，那是她曾見過一次的花。

「里梨、里梨。」珊琳連忙拉住胡里梨的手臂，另一隻手往前方指，「我、我說的花出現了！」

「哎？眞的嗎？在哪？在哪？」胡里梨聞言也朝水池中央望去，隨後可愛的包子臉困惑地鼓起，「里梨我沒看見啊。」

「咦？」珊琳一呆。在她的視野裡，那朵水上花還是開得奪目，宛如在吸引人去摘取。可是，爲什麼就在她身邊的胡里梨卻說沒看見？

這是怎麼回事？

「但是不對啊，我剛才分明就沒看見水上有什麼花……」

古眞霜的說話聲在腦海中浮現，那名長髮女孩也說她沒見過秋紅池有出現花。

珊琳想不明白，她想證明自己所言不假，水池上的那朵花是眞實存在的。

幾乎是下意識，珊琳直起身，一腳便要往水池裡踏去。

「珊琳！」

「妳們兩個不可以太靠近池子！」

胡里梨吃驚的喊聲和另一道無預警傳來的喝聲，簡直像同時間疊在一起。

胡里梨趁著珊琳一頓的當下，立即將人拉回；而她們的後方也傳出特意加重的腳步聲。

「小朋友，妳們的爸爸媽媽呢？怎麼可以放任妳們到處亂跑？萬一跌進水池裡怎麼辦？」

女孩的聲音難掩嚴厲，然而當她瞧見背對著她的兩名小女孩一轉過身來，她愣住了。

珊琳也愣住了，她看著大步走來的長髮女孩。對方高高瘦瘦，戴著一副大大的黑框眼鏡，皮膚有點蒼白，一頭柔順的黑髮披散，赫然是她不久前認識的古眞霜。

「珊……珊琳？」古眞霜還記得面前褐髮小女孩的名字，「妳怎麼……妳不是去銀光大樓找妳哥哥嗎？怎麼又跑回這裡來？」

古眞霜充滿疑問的視線打量珊琳一遍，接著轉向另一名小女孩。那名年紀看起來和珊琳差不多大的黑髮小女孩似乎感到怕生，一見到自己就反射性地躲到珊琳背後，一雙烏黑的大眼睛也在打量她。

「珊琳，這位小朋友是妳的……」

「里梨我不小，里梨我是珊琳的朋友。」胡里梨不擅長面對她一無所知的人，那會讓她下意識地想藏起自己。可似乎是想到自己不能在珊琳面前漏氣——她已經認定珊琳比她小，她是珊琳的「大姊頭」——她登時股起勇氣，抬頭挺胸地跳出來。

「原來妳叫里梨嗎？我是古眞霜，妳可以叫我眞霜姊姊。」古眞霜先是露出一抹親切的微笑，然後笑容斂起，板下了一張臉，「妳們爲什麼要做這麼危險的事？珊琳妳不是也知道這裡發生過什麼事嗎？我眞的會生氣，聯絡妳們的家長喔。」

「里梨我才沒有……」胡里梨想也不想地就打算反駁自己才沒有「家長」，她是胡十炎照顧大的，不過珊琳快一步地插話。

「對不起，眞霜姊姊……」珊琳低頭道歉，沒有多解釋自己是因爲看見花。既然確定秋紅池裡有某種東西，她不想將只是普通人類的古眞霜捲進來。

眞霜姊姊是好人，所以她不該碰上不必要的危險。

「為什麼我們不能來這裡？妳不是也在這裡嗎？」胡里梨鼓起腮幫子，像是不平地抗議，「里梨我反對不公平。」

「妳年紀小小，嘴巴卻那麼厲害。」古眞霜不禁失笑。

聽胡里梨這麼一問，珊琳思索一會兒，很快就想到可能的原因。她抬起眼，猶豫地問道：「眞霜姊姊是在……調查什麼，才一直待在紅葉公園裡嗎？」

古眞霜的表情微變，似乎被珊琳猜對了。

「調查？妳在調查？妳和珊琳認識，里梨我也可以幫妳唷。」胡里梨的目光滿是好奇地盯著古眞霜，一副勢必要打破砂鍋問到底的架勢。

「這不是妳們小孩子該知道的。」古眞霜搖搖頭，輕聲說：「好了，快回去吧，天色都晚了，小孩子不要在外面待太久。」

「不要。」沒想到胡里梨固執得不肯放棄，「妳不讓我們幫忙，我們就一直來、一直來。」

「里梨……」珊琳覺得這話有些任性了，正想勸阻，胡里梨卻暗中拉扯下她的衣角。

珊琳一訝，接著瞧見胡里梨向她使了個眼色：她是故意這樣做的。

珊琳頓時恍然大悟，未竟的話也全吞了回去。

另一方，古眞霜像是陷入為難地望著擺出固執表情的胡里梨。半晌後，彷彿認輸地長長嘆了口氣。

「……我知道了。」古眞霜蹲下身子，和兩名小女孩平視，「我可以告訴妳們，不過妳們必須答應我，要聽我的話，不能隨便亂來，否則就不算數。願意遵守的話，就和我打勾勾，這是約定，不能破壞。」

胡里梨和珊琳對視一眼，接著分別伸出了小指。

古眞霜也伸出自己的手指頭，和兩人打勾蓋印，表示約定。

「妳們猜對了，我的確在調查什麼。」既然彼此約定好了，古眞霜也不再隱瞞，「加上今天的意外，秋紅池這裡已經有三名小孩溺死了，其中一個……就是我的弟弟。我想弄清楚他溺水的原因，我不相信他會發生這種事……他很乖，也很會游泳，絕對不可能貪玩就到秋紅池裡……我不相信警察說的，也不相信大家說的……一定、一定有別的原因。」

古眞霜在說最後一句時，語氣是咬牙切齒，眼中像燃燒著壓抑的火焰。

深吸一口氣，古眞霜就像是要掩飾自己失態地再說道：「我私下有找到過那位幸運被救起的孩子，她是國中生，我正說服她能夠和我再來一趟紅葉公園。那孩子說，她看見秋紅池中央有花，她想去摘花，她沒有感覺到自己走進水中，她只是想摘花……可是沒有人相信她的話。我自己也有些不相信，因爲秋紅池眞的沒有長什麼花。但換個方向想……會不會我弟弟也是看見了那朵花，才會不知不覺也走進池子裡呢？」

珊琳內心一陣驚訝，該不會那花有些人看得見，有些人看不見？

她不自覺又回頭往池子望，錯愕瞬間湧上，那朵花又消失了！

秋紅池的池面除了綠影和景物倒影外，就是被風吹皺的漣漪。

胡里梨眼尖地注意到珊琳的表情變化，她飛快地悄聲問：「花不見了嗎？」

珊琳點下頭，心中的疑問越來越盛。

秋紅池裡……到底躲匿著什麼？

「珊琳、里梨，我已經告訴妳們了，現在換妳們聽我的話。」古眞霜伸手搭上兩名小女孩的肩膀，「要晚上了，妳們該回去了。珊琳，妳的哥哥在銀光大樓是嗎？我帶妳們過去吧。」

「不是，不是銀光大樓！」胡里梨說什麼也不回去，她還在離家出走中呢。「珊琳要和里梨我一塊等我的哥哥過來，我們要去繁星大學，哥哥要帶我們去繁星大學。」

「繁星大學？」古眞霜像是吃驚地笑了，「這麼巧，我也是繁星大學的學生呢。里梨，妳的哥哥是幾年級？說不定我們是同學？」

「維……哥哥是一年級。」胡里梨差點直呼柯維安的名字，急忙改口。

「一年級？可惜我是他的學姊。今天是星期五，我猜妳哥哥要偷偷帶妳們到宿舍玩，我不會趁機向男宿舍監打小報告的。」古眞霜朝兩名小女孩眨眨眼，隨即柔聲說道：「要不要我陪妳們等等哥哥來呢？妳們是約在哪碰面？」

「不用不用，我猜他已經來了。大姊姊，我們先走了，妳明天還會在嗎？」怕謊言被拆穿，胡里梨忙不迭地拒絕。見到古眞霜點點頭，她說：「那我告訴妳我的手機，是……有新消息再跟我們說，里梨我還可以帶維……帶哥哥一起來，他也很能派得上用場的喔。」

說完，也不等古眞霜開口，胡里梨拉著珊琳，一溜煙就選了一條步道往上跑。

已經從古眞霜那獲得一些情報，珊琳也說那花不見了，再繼續留下顯然也不會有什麼新進展，倒不如先聯絡柯維安，好知道更多關於牙突和六狼蛛的事，然後再回來調查。

確定好接下來的計畫，胡里梨拉著珊琳在紅葉公園外停下腳步。

天空已經從昏黃成了藍紫，人行道上的路燈也一盞一盞地亮了起來。紅葉公園內的照明也跟著運作，從上方望下去，秋紅池被輝映得一片夢幻。

又有多少人知道，這座美麗的水池實際已奪走三條生命？

「好了，里梨我要打電話給維安了。」胡里梨掏出手機，高高舉起，宛如要做一件偉大的事。

「維安大人他……眞的會答應嗎？」珊琳還是不免有點遲疑。

關於這點，胡里梨倒是非常有自信，她笑咧出大大的笑容，伸出三根手指。

「絕對——沒問題的！因爲里梨我啊，可以用三張照片和維安當交換條件。我的一張，妳的一張，然後再加上我們的合照一張就可以了。因爲維安最喜歡蘿莉和正太了嘛，里梨我和珊琳，都在維安的好球帶內呢！」

第十章

柯維安覺得自己眞是太幸福了，宛如來到天國。

在他面前有兩名風格不同的小蘿莉，褐髮的那位乖巧地喊了聲「維安大人」，黑髮的那位則是甜甜地直接喊「維安」。當然他及時阻止後者打算給他一個撲抱的舉動，他後面可是馬路，這一撲撞下去，他就眞的要到實質意義上的天國了。

大約就在十多分鐘前，柯維安接到了來自胡里梨的電話，要他來紅葉公園一趟。正巧他那時人就在市區，待他一騎車趕過去，見到的赫然是變了裝的珊琳和胡里梨。

雖然綠髮棕眸和桃髮紫眸很可愛，可是褐髮棕眸和黑髮黑眼也有另一番新鮮感。

「太……太可愛了！便服版本的珊琳和里梨！」柯維安不知兩名小女孩怎會湊到一塊，他唯一能想到的第一件事就是給她們一個大大的擁抱，然後阻止胡里梨的回抱。

別看胡里梨個子嬌小，力氣一沒控制好，可是驚人得很。

不過，這不代表柯維安會因爲被兩名小女孩的「美色」魅惑，就忘記觀察四周的不對勁。

珊琳身旁沒有楊百罌，胡里梨也沒有其他人陪同……這可就是最大的不對勁了。

柯維安若有所思地望著兩張小臉，一個字詞忽地冒了出來——離家出走？

沒有將心中的疑問問出口，柯維安改盯著胡里梨，認眞地說：「里梨，如果我買新的偶像雜誌給妳，妳會回公會去嗎？妳知道的，妳可是從來沒有一個人到公會外面來。」

「里梨我不是一個人，還有珊琳啊。」胡里梨張大墨黑的眼睛，也認眞地說：「維安，里梨我給你三張照片，有我的、有珊琳的、還有我和珊琳的合照，你會帶我們到你的宿舍房間去嗎？讓我們住一晚？拜～託～」

柯維安內心的天平瞬間傾倒至另一個方向。

「那有什麼問題，妳們要住幾晚都可以！能讓可愛的小蘿莉睡我的床鋪，眞是天大的榮幸！」柯維安抹抹嘴巴，雙眼放光。

這表情要是掛上其他男人臉上，只怕會立刻被人當作可疑的戀童癖。但柯維安天生一張可愛的娃娃臉，會落在他身上的形容詞，就只有「無害」、「無害」，還是「無害」。

和他同一寢的室友——當然不是傲慢到將他視作空氣的那一個——就曾給了一個評論：你根本是披著羊皮的狼吧？一堆人全被你的臉皮給騙了，還有你他媽的可以不要再對一個嬰兒吹口哨了嗎？你的變態到底要到什麼程度啊！

「維安大人，不好意思……要麻煩你了。」珊琳感到歉意地低下頭，小手捏著衣襬。

「不用對維安不好意思，里梨我不是說過了嗎？他一定會答應的。」胡里梨拍拍珊琳的肩膀，一副老氣橫秋的模樣。

柯維安饒富興致地研究這一幕。據他所知，珊琳和胡里梨應該沒有交集，怎麼會突然認識在一塊？還有這個地點……

柯維安不著痕跡地打量繁星市新建造的這座公園，他不久前才在臉書上看到，今天下午這裡又有小孩子意外溺斃的消息。

她們倆出現在這裡，是巧合？抑或是……

「里梨、珊琳，妳們是什麼時候認識的？」柯維安笑咪咪地問。

「今天。」

「我們是好朋友喔！」

珊琳和胡里梨不約而同地開口。

柯維安思索了一會兒，目前他可以推斷出的是，珊琳應該去了銀光大樓一趟，然後才會碰上胡里梨。至於兩個小女孩身邊怎麼沒人，他可以慢慢問。

「好，那我就先帶妳們回宿舍。」柯維安撐起身體，拍板定案，「今天是星期五，宿舍人不多，我會請其他傢伙別跟舍監通風報信，這樣妳們就不會被發現了。曲九江通常不會在，小白應該回家去了，所以妳們儘管放心待著。不過，要告訴我發生什麼事喔，我很會守密的，妳們能答應我嗎？」

胡里梨和珊琳對望一眼，柯維安的笑容很值得信賴，於是她們手牽手，異口同聲乖巧地說：「能！」

柯維安摀住胸口，再度感到一陣箭矢正中紅心的衝擊，小蘿莉們果然是天使啊！

如果時間、場合允許，柯維安真想繼續沉浸在這份幸福的餘韻裡。但是天色都快被黑暗徹底覆蓋，他決定還是趕緊帶著珊琳和胡里梨回繁星大學。

由於兩名小女孩堅持想乘坐一次機車，最後柯維安只好讓一人坐後座，一人擠前面。

「拜託路上千萬別讓我遇上警察啊！要是因爲妖怪沒有戴安全帽而被開罰單的話，那我就太冤了——」

在高聲叫喊中，柯維安催動油門，一二五的機車飛快地衝了出去，直奔繁星大學。

□

星期五夜晚的繁星大學，比其他時候都要來得安靜，最主要是多半學生都會挑今天返家或是外出遊玩。

沿著機車專用道，途中繞過幾個髮夾彎，柯維安終於回到了男生宿舍。

將車一停好，他立刻牽住珊琳和胡里梨的手，以免初次來到繁星大學男宿的兩名小女孩好奇地亂跑。

正如同校園內比平常來得安靜，向來人聲吵雜的男宿也比平時冷清。才六點多而已，大門出入口的人卻只見三三兩兩。

柯維安記得這時候在管理員室值班的是大二學長，只要答應塞給他一些「好片」，應該就能糊弄過去了。

果然正如柯維安所預料，當值班的學長一瞧見他居然攜帶兩名小女孩進來男宿，頓時張口結舌。不過在一獲得賄賂之後，對方馬上睜隻眼閉隻眼，裝作沒這回事，最多只是扔出了一句話。

「學弟，幸好你帶的是蘿莉。假使你帶的是正妹，我立刻號召全宿舍的同學蓋你布袋……對了，你應該不會對她們亂來吧？」

「她們是我妹妹，學長，你把我當禽獸就太過分了啦！」回予這麼一聲抗議，柯維安推著兩名小女孩，朝著通往他們中文一寢室的走廊而去。

柯維安的寢室是一〇一，也就是最靠走廊的房間。原本他打算迅速進入自己的寢室，這樣就不用怕被其他人撞見，畢竟能少讓人知道他偷渡異性進來總是好的。

只不過人算不如天算，偏偏有三扇門就這麼湊巧打開了。

三道穿著背心或光著上半身的人影走了出來。

「哇啊！」發出尖叫的居然是柯維安，他迅雷不及掩耳地各用一手摀住珊琳和胡里梨的眼睛，緊張不已地喊道：「珊琳、里梨，別看髒東西，會長針眼的！」

「什……靠！誰是髒東西啦！」

「柯維安你尖叫個屁！出來泡泡麵有錯嗎？」

「沒穿上衣有錯嗎？錯的是這熱得要死的宿舍吧！等等，等等等等！你帶女孩子!?」

終於有人發現到那兩抹嬌小身影，立即拉高聲音喊。

而這一喊，剩下還待在寢室的男同學也飛快衝出來。

「女孩子！」

「嗷！我聽到女孩子了！」

「誰帶妹回來的？殺無赦！」

「等一下，妹呢？妹在哪裡？」

一群單身且渴望交到女朋友的男同學凶神惡煞地張望，只是看來看去，全然沒有可以稱得上是正妹的存在。

最後眾人終於稍微冷靜點，目光有志一同地放在柯維安，以及他身邊的兩名小女孩上。

「柯維安……你妹？」

「難不成她們看起來像是我弟嗎？」柯維安翻了一個大大的白眼，雙手還是緊摀著小女孩們的眼睛，沒有放下。

開什麼玩笑，怎麼可以讓他的小天使見到一群穿著四角褲、吊嘎，或是上半身根本沒穿的臭傢伙呢？

「我妹有事要先住我這，你們幫我瞞一下。還有太大聲的話，不怕吵到我們寢室的某人嗎？」柯維安故意意有所指地瞥瞥一〇一寢，他知道曲九江不在，不過其他人可不知道。

果然，幾個大男生頓時噤了聲，誰也不想領受那名鬈髮青年冰冷如刀的可怕眼神。

自知自己鬧騰得太過分，住柯維安對面寢室的毛哥摸摸鼻子，率先說話，「知道啦，都是好兄弟，我們不會四處講的。不過柯維安，幸好你帶的是你妹，要是你帶的是正妹……」

「你們就要全體蓋我布袋了是不是？我知道了。」柯維安嚴肅無比地說：「下次我跟班代講，以後和我們小組開會時，可以不用來我們男宿交誼廳了。」

「——拜託你當我們剛什麼都沒說，維安大人。」一票男同學畢恭畢敬地低下頭，「請務必讓班代多來這裡開會，就算要茶水招待都沒問題。」

「我會轉告的，好了，你們快滾回房間，去去，接下來有什麼聲音也別管了。」柯維安抬起下巴示意，總算等到眾人鳥獸散，各自回房，他這才放下手，「珊琳、里梨，別理那些髒兮兮的大哥哥，我們進去房間裡吧。對了，妳們路上說想找我幫忙調查一些有關妖怪的情報，是什麼樣的妖怪啊？」

柯維安一邊問，一邊從包包裡翻找鑰匙。

「牙突。」

「六狼蛛。」

珊琳和胡里梨同時說。

「喔喔！六狼蛛我是知道的，牙突倒是第一次聽說……沒關係，就全交給我吧，查完後記得再告訴我是……總算找到了！」柯維安得意地取出鑰匙，插進鑰匙孔內。可是甫一轉動，他就覺得不對勁。

門沒有上鎖……意思是，有人先回來了嗎？

小白？不對，照慣例他都會回到潭雅市……曲九江？不要吧，他剛也只是隨口說，用不著眞讓他這麼烏鴉嘴吧！

柯維安的臉色一時青白交錯，但在珊琳納悶地問了一句「維安大人？」，他深吸一口氣。反正縮頭是一刀，伸頭也是一刀，就豁出去開門吧！

在男宿中稱得上乾淨整潔的寢室內，並沒有那名對人冷漠以待的鬈髮青年，也沒有屬於白髮男孩的身影。

可是，寢室裡的確有其他人在。

有個穿著格子襯衫的斯文男子就坐在柯維安的電腦桌前，一聽見開門聲，他轉過頭來，鏡片後的細長眼睛像狐狸般瞇起，嘴角也像狐狸般揚起一抹微笑。

「你好啊，維安，我猜你們也該回來了。」安萬里說。

「狐狐狐……」

「副副副……」

「萬里大哥！」

柯維安和胡里梨驚恐得說不出話，珊琳則是驚喜地大叫。

「爲什麼你會在我們寢室!?這不科學！」

「里梨我才不要回去！」

柯維安和胡里梨又是異口同聲地慘叫。

胡里梨更是反射性將對方當成要抓自己回去，想也不想地抓住珊琳的手，返身就往外跑。

但是安萬里離開椅子站了起來。

「瘋子帶瞎子走路，這就是這個時代的病態（出自《李爾王》）。」安萬里溫和的嗓音像是微風，然而隨著他的話聲一落下，白色光壁拔地而起，形成了屛障，擋在寢室門口。

胡里梨煞車不及，一頭撞上安萬里的結界。她疼得淚眼汪汪，當即又是惱怒又是不甘地回復桃髮紫眸的外貌，兩隻小手握成拳，使盡全力重重往那層白光之壁敲下。

胡里梨是眞的使出全力了，換作是尋常的牆壁，早就被砸出洞。可是光壁文風不動，絲毫不見一絲損壞。

「『守鑰』的防守在妖怪中可以稱得上一等一的，里梨，我以為妳該知道。」安萬里還是笑吟吟的。

胡里梨回過頭，看著眼珠變成綠色、半邊臉頰覆著石片，手上還多了本書的黑髮男子。她眼眶一紅，豆大的淚水登時像旋開的水龍頭落下。

「嗚！嗚啊啊……連你也欺負里梨我……」胡里梨一屁股坐在地上，哭得稀里嘩啦。

柯維安得慶幸還好安萬里布下了結界，不然這激烈的大哭聲傳出去，別人還當他虐待兒童……不對，才不是慶幸這個的時候！重要的是，為什麼狐狸眼社長會出現在這裡啊！

柯維安剛想抓住機會問出口，安萬里已經收起書，走到胡里梨面前蹲下。

「我不是來帶妳回公會的，里梨。」他說。

「……咦？」胡里梨的紫眸張得更大，哭聲頓歇。

「當然，我也沒有告訴百罌學妹。」安萬里這話則是對著珊琳說的。

柯維安心念一動，這下是真的篤定兩名小女娃都是離家出走了。里梨他還可以猜得到，可能是老大不小心惹得她生氣……可是珊琳和班代感情那麼好，總不會是她們吵架了吧？

安萬里用眼角餘光就能猜出柯維安在想些什麼，可他也不打算先解釋，只是沉靜溫和地直視著兩名小女孩。

「我只是要來確認妳們的情況，有沒有照顧好自己。」碧綠色的眼珠像泓湖水，讓人不由得安心、想要相信，「我是站在妳們這邊的。」

「我我我，我也是站在全天下的小天使這邊的！」柯維安忙不迭地義正詞嚴說。

「不，你那叫變態，我相信我也說過很多次了，維安。」安萬里一回頭，笑咪咪地刺了柯維安的心頭一刀。

柯維安摀胸退下。

「真的？真的是真的不是帶里梨我回去？」胡里梨的眼淚也停了下來，只是雙眼還是紅通通的。

「守鑰不說謊的，記得嗎？」安萬里微微一笑，像是要證明自己所言不假。他一彈手指，兩名小女孩身後的白光之壁應聲消失，「妳們看，我把結界撤掉了。」

胡里梨半信半疑地伸手往門口處探了探，的確空無一物，不再像之前有堵牆立在前方，阻擋了她的去路。水晶紫的眸子再上上下下打量安萬里一遍，後者的微笑溫和，令人如沐春風。

胡里梨吸吸鼻子，胡亂地用袖子擦去眼淚。

「里梨我相信你了，副會長。」胡里梨嚴肅地說：「不過要是你說謊的話……」

「就罰維安的頭髮全掉光光吧。」安萬里流暢地將話接下去。

「沒錯，就罰我……嗚噎噎噎！爲什麼是我啊！」柯維安花容失色地大叫道，他明明什麼事都沒做吧？

「沉穩點，維安，你眞是太毛躁了。多學學小白或是九江……」安萬里話說到一半，難得猶豫地停了一下，像在思索自己拿這兩個學弟當範本適合嗎？最後他決定換個對象，「嗯，你多學小語好了。」

「小語是規格外的，我絕對學不來。」柯維安揮了揮手，他自認自己其實也挺沉穩的，「起碼我的沉穩度比副會長你舉的錯誤例子高多了。」

安萬里倒是無法反駁這點。

本名「宮一刻」的小白，自從暴露神使身分後，脾氣常常一燃就爆；看似冷然傲慢的曲九江也不遑多讓，自他成爲了神使，看見他發飆的機率就大幅提升許多。

「該說是，怎樣的鍋就配怎樣的蓋的神與神使嗎？」末了，安萬里認眞下了這麼個評論。

「唔呃，拜託別做出這種發言，我可不想也被人這樣說我跟師父……」柯維安打了個哆嗦，搓搓雙手冒出的雞皮疙瘩，隨後打算去拉下寢室裡的百葉窗。「副會長，下次好歹別把我們寢的百葉窗全拉起，會被外面經過的人看得一清二楚的啦。萬一哪天有人偷拍我的裸照怎麼……哇靠！」

柯維安忽地發出一聲狼狽大叫，外頭無預警增強的風勢捲起了細碎的沙粒，一股腦地全灌進，逼得他連忙用手臂擋躲，另一手趕緊一鼓作氣地放下百葉窗。

同時寢室內也傳來另一道細微的叫聲。

「眼睛……」

柯維安飛快轉過身去，頓時見到珊琳緊閉著一隻眼，臉蛋不適地皺起，小手正準備揉向那隻閉上的眼睛。

用零點一秒判斷出珊琳的眼睛可能跑進沙了，柯維安再用零點一秒做出決定。

「珊琳，別用手揉！」柯維安三兩步衝向前，「亂揉可能會更糟，所以我來替妳吹吹！」

「里梨我也可以替珊琳吹吹。」胡里梨不甘示弱地挺身站出，「維安到旁邊去。」

「不行不行，這一定要讓大人做才做得更好。」柯維安的神情異常嚴肅，這讓那張娃娃臉有種罕見的魄力，登時也唬得胡里梨一愣一愣，「所以讓我來，誰都不能阻止我！天知道我對這種動漫中一定會出現的場景妄想多久了！」

「你說出你的眞心話了，維安……」安萬里搖頭嘆息，有時不免感嘆這樣的一個孩子，怎麼偏偏有這種令人遺憾的古怪喜好？

柯維安才不在意安萬里說了什麼，他向來就是光明正大地宣揚自己愛蘿莉、愛正太。

見珊琳聽話地放下手，努力張大眼，柯維安暗暗做了個深呼吸，蹲下身、慢慢地湊向前，正要朝那隻微紅的棕黑眸子輕吹口氣——

「柯維安，你已經回來了嗎？」一〇一寢的房門冷不防地被打開，有著一頭顯目白髮的人影走了進來，然後因爲目睹房內景象而僵住不動。

一刻滿臉呆滯地看著塞了比平常多人數的房間，最後目光重新回到自己的室友上。

那名娃娃臉的鬈髮男孩手搭著一名褐髮小女孩的雙肩，臉和對方湊得極近，幾乎要碰上對方的。

「……一定是我打開門的方式不對，才會看見這種東西。」一刻抹把臉，想也不想又把門關上。

「咦？小白，等……」柯維安的話還沒說完，房門在下一秒又被人氣勢凶猛地打開。

柯維安只能傻愣愣地看著他以為回家去的室友再度出現。

這次，一刻瞧見的依舊是倚立桌前的安萬里——「你好，小白，打擾了。」對方還舉手向他打了個招呼。

還有曾在銀光大樓有過一面之緣的胡里梨——那個桃子色頭髮的小鬼為什麼會待在他們寢室裡？

最後，就是柯維安和另一名他不認識的褐髮小女孩。

暫時壓下那張小臉好像很眼熟的莫名熟悉感，一刻瞪著柯維安依然放在對方肩膀上的兩隻爪子，以及那個怎麼看都像是要幹嘛的姿勢……

瞬間，一刻的臉色鐵青了，猙獰和不敢置信的神情在臉上交錯。

「呃，小白你的表情看起來有點……等等等等一下啊！小白！」當自己的好麻吉、好室友宛如惡鬼般地大步逼近，柯維安立刻反應過來，對方絕對是誤會眼下這場景。他忙不迭地舉高兩隻手，驚慌失措地大喊道：「你誤會了！你眞的誤誤誤誤會了！她是珊琳，人家我絕對沒有去拐騙良家幼女回來！」

珊琳？一刻這時候已經一把抓扯住柯維安的衣領，一聽見這名字登時頓住，目光再移向那名他覺得眼熟的褐髮小女孩。

「小白大人。」在無意間自己先眨出細沙的珊琳對一刻露出害羞的笑，她低頭行個禮，剎那間褐髮成了綠髮，身上也回復原來的裝束。

一刻總算明白自己怎麼會瞧著眼熟，可是他臉上的表情並沒有因此而緩和。相反地，他的眼神更加凶狠，就算用「凶神惡煞」來形容也不爲過。

「珊琳……柯維安你他X的也太禽獸了！居然對珊琳出手！」一刻暴怒，「虧我本來還以爲你只是個會在腦內妄想的變態而已！」

「這太過分了啦，小白！我在你心裡的形象到底是什麼？還有你眞的誤會了！」柯維安拚命地解釋，雙手慌張揮動。

「我的確覺得小孩子超可愛，尤其是他們紅通通的臉頰、微凸的肚子、胖胖的小手臂，還有充滿獨特沉重感的小屁股……但我絕對、眞的、鐵定不會亂來出手的！求求你一定要相信我！而且我最近也發現我的守備範圍好像又下降，三歲以內的好像才能勾起我的興趣，所以說珊琳不在這範圍內……呃，可是珊琳確實非常可愛耶，我的範圍似乎還是得拉高？」

說到最後，柯維安反倒像是陷入兩難地摸摸下巴。

對於柯維安的疑問，一刻的回應是咧開獰笑，然後二話不說地往他臉上送出一記拳頭。

「有句話叫越描越黑……里梨、珊琳，眼前就是最佳寫照，好孩子千萬別學習。」安萬里無視柯維安的慘叫，微笑地教導著兩名小女孩，「我們先到外面去，把這裡留給他們倆吧。」

「哇！等一下，別見死不……小白別打臉！我眞的會變熊貓的！」柯維安哀號連連，「快救人啊，副會長！你這狐狸眼的，拜託快救我！」

「……小白，你慢慢來吧。」安萬里笑容滿面地吩咐道，接著輕推又僞裝好的珊琳和胡里梨往寢室外走，將房間留給了兩名學弟好用拳頭培養感情——雖然只有一個人單方面動拳頭。

而寢室外的走廊，有好幾間房的人又因爲那一陣連牆壁也隔不住的慘呼，忍不住好奇地開門探頭出來。

「維安在和他的好室友培養感情。」安萬里好整以暇地微笑，「學弟們想加入也可以進去喔。」

幾個人都是認識安萬里這名三年級學長的，聽聞他這麼說，他們瞄瞄那間疑似傳出乒乒乓乓聲響的寢室，誰也不想成爲被殃及的那條池魚，不約而同露出敬謝不敏的表情，識時務地再縮回自己房間。

反正一〇一寢總是傳出大亂鬥般的聲音，習慣就好、習慣就好。

唯獨對面一〇二寢的人縮回房的速度比較慢，被安萬里叫住。

「學弟，你是毛治凱學弟對吧？」安萬里親切地說，「可以幫我顧一下這兩名孩子嗎？我進去裡面看看情況，要是維安只剩一口氣，就得救他一下了。」

「啊？好，學長你請去吧！」向來被同學稱爲「毛哥」的毛治凱立即說道，不敢對面前的學長有所怠慢。一來對方可比自己高了兩個年級；二來他更是柯維安曾提過眞正的「片商」。開玩笑，男宿的無聊生活可得靠那些重要片子來解悶啊！

「里梨、珊琳，先乖乖待著別亂跑，我的話可是還沒有說完。」又交代了幾句，安萬里這才再開門進入一〇一寢。

毛治凱慶幸自己好歹還有穿著背心，萬一光著上半身的話，和兩名小女孩大眼瞪小眼地待在一塊，也太尷尬了。

不，更正，只有他自己一人瞪著眼。黑髮的小女孩頭低低盯著腳尖，偶爾飛快抬起頭，警戒地瞄他一眼又低下；褐髮的小女孩望著橘色門板，像是想早點知道後面的情況。

毛治凱撓撓頭髮，不知道該不該找點話題，他可不擅長面對小孩子。

「那個，我說……」正當毛治凱開口之際，從黑髮小女孩的身上傳出「嗶、嗶」兩聲。毛治凱一愣，隨即便看見對方拿出手機，他恍然大悟，原來那是簡訊的聲音。

「珊琳、珊琳。」一看完突然收到的簡訊，胡里梨張大眼睛，一手迅速拉拉珊琳的袖角。

珊琳困惑地轉過頭，一併湊近觀看手機簡訊。

下一刹那，連她的眸子也睜大了。

訊息竟然是古眞霜傳來的：那名國中生答應出來和我見面了，如果妳們剛好在繁星大學，我在男宿外等妳們。畢竟這是我們約定好的，我會告訴妳們新消息。

「珊琳。」

「里梨。」

胡里梨和珊琳面對面，緊接著兩人像達成共識般大力點點頭。

毛治凱根本不明白她們是發生什麼事，冷不防地，那兩道嬌小身影居然有志一同地拔腿往外衝。

「什……！」毛治凱大吃一驚，不敢想像自己要是把人看丟，那個三年級學長會怎麼處置自己？他急急忙忙地跨步一邁，緊追著出去。

剛跑出男宿大門，毛治凱就瞧見兩名小女孩跑向了一名長髮女孩。對方高高瘦瘦、戴著副大大的黑框眼鏡，皮膚有點蒼白，但氣質很好，是文青類型的。

「眞霜姊姊！」

毛治凱聽見一名小女孩這麼喊著那個女孩子。

也就是，認識的？本來以爲對方是陌生人的毛治凱鬆口氣，隨即注意到那名氣質好的女孩也在望向自己。他被望得有些害羞，剛想張口試著搭訕，就發現那目光似乎不是盯著自己的臉，而是……

毛治凱反射性低下頭，然後腦內像有什麼轟然炸開。

靠靠靠靠杯啊！他都忘記自己是穿著條四角內褲忘記換！

毛治凱窘得只想挖洞把自己埋起來，他漲紅一張臉，幾乎是落荒而逃地衝回男宿內，他可不想再繼續丟臉下去了，他的男人面子啊！

「……學弟，我並不怎麼想知道你的面子怎麼了，我比較希望你能告訴我，里梨和珊琳呢？」一道溫和但含帶某種警告的聲音響起。

毛治凱嚇得差點跳起，「學、學長！」

「學弟，她們人呢？」安萬里又問了一次。

明明是親和力強的微笑，毛治凱卻覺得莫名地寒毛直豎。

「她她她她們……」毛治凱吞吞口水，不敢隱瞞地據實以報，「黑頭髮的收到簡訊，然後兩個就一起跑出去了。我也追出去了，然後她們跟一個認識的人見面，她們叫她貞霜姊姊。我知道柯維安沒有姊姊，所以是親戚吧？再然後，我就發現我穿著四角……學長？學長！」

毛治凱的話都還沒說完，安萬里已經快步轉身跑出，留他一人呆站在走廊。

「現在是什麼情況……？」毛治凱茫然地自言自語，沒想到還眞有聲音回應他。卡！一〇一寢的橘色門板被打開了。

「哇靠！有熊貓！不對……柯維安!?」毛治凱大驚地嚷，「柯維安，你的眼睛怎麼有兩圈黑輪？曲九江揍你的嗎？他眞的動手揍……」

毛治凱霍然閉上嘴，他看見另一人也走出來了。不是曲九江，而是戴著眼鏡的白髮男孩。

「小白，原來你也在啊……呃，柯維安的那兩圈黑輪，應該不是……」毛治凱遲疑地問，視線不時瞄瞄柯維安，再瞄瞄一刻，最後忍不住想偷看房裡有沒有其他人。

「毛哥，你把小白想成什麼樣的人了？是副……不，是安萬里學長的傑作啦！」柯維安決定不客氣地抹黑安萬里的形象，誰教對方只會袖手旁觀地看好戲。至於他家小白，小白是他的天使，他可以不計較，而且他上禮拜又成功地把自己的內褲混進去讓小白幫忙洗了！

「那個凶殘的安萬里人呢？還有可愛的珊琳和里梨呢？」柯維安又問。

「這個、那個……」毛治凱支支唔唔，不曉得該不該老實說出一切。正兩難之際，屬於安萬里的修長身影出現在走廊入口。

「沒看到人，她們不見了。維安、小白，進房間裡，我有話要說。」安萬里的臉上不見微笑，他看也不看毛治凱一眼，直接率先走進一〇一寢。

「毛哥，沒你的事了。抱歉喔，我們這邊要先開小組會議。」柯維安自是不會嗅不出不對勁的氣氛，他給了毛治凱一個抱歉的微笑，迅速拉著一刻也進去。

毛治凱一頭霧水，從頭到尾弄不明白發生什麼事，只能聳聳肩膀，也回到自己的寢室內。

和一〇一寢做了將近一年的對門鄰居，他學到的就是別多管那寢的閒事，以免波及自己。

一關上寢室門，柯維安馬上忍耐不住發問了。

「副會長，珊琳和里梨呢？她們又跑……嗷，好痛！跑走了嗎？」只不過一邊問，他還一邊因爲臉上的瘀青而齜牙咧嘴地哀哀叫。

「你們認識叫『眞霜』的女孩子嗎？」安萬里自動屏蔽了那陣哀叫，直接對兩名學弟提出問題。

柯維安和一刻不約而同地搖搖頭。

「那是誰？與珊琳和胡里梨不見有什麼關係嗎？」一刻皺眉問。他是對整件事情知道最少的人，他甚至還不曉得珊琳、胡里梨以及安萬里出現在他們寢室的原因。

「我剛是請你們對面寢的學弟幫忙照看一下她們。」安萬里慢慢地說道：「但那名學弟說里梨突然收到誰的簡訊，和珊琳一塊跑出宿舍外，她們和一名叫作眞霜的女孩子碰面。我追了出去，可是宿舍外已經沒見著她們的身影。」

「也就是說，那個叫眞霜的帶走她們？」一刻立即提出可能推論，「爲什麼？她是誰？」

「這時間出現在我們學校裡，是這裡學生的機率也很大吧？」柯維安也提出自己的看法，「可是里梨她們怎麼會……痛！和對方認識？她們兩人是一起離家出走……痛痛痛，該不會就是在外面認……嗷！」

柯維安冷不防地再痛呼一聲，因爲有人一掌巴上他的後腦。

「別一邊哀一邊說，聽了就煩。」一刻嘴上說得冷酷，可他畢竟無法像安萬里一樣，若無其事地將柯維安的吃痛聲當作背景音。他像有些惱怒地咋下舌，「我去拿點冰塊給你，省得再聽你哀個不停。」

「小白白白白……」柯維安雙眼呈心形地目送一刻走出，「眞是人家的天使！」

「小白還眞是對你太好了，維安。要我的話，不會只讓你當熊貓這麼簡單呢。」安萬里露出微笑。

「你是眞的想殺了我嗎？明明就是你見死不救，也不幫我解釋！你這可恨的狐狸眼、狐狸……當我沒說。」在瞧見安萬里似笑非笑地睨來一眼，柯維安的呻吟馬上中止。他只是小小的普通會員，人家可是副會長，年紀還不知道大了他多少倍有餘。

很快地，柯維安面色一整，「我來查一下學校裡有沒有誰叫眞霜的。副會長，你先打電話聯絡她們看看吧。如果你沒有珊琳的，我可以……」

「謝了，我有。快做事，少囉嗦，我有種不好的預感。」安萬里拍上柯維安的腦袋，後者不敢怠慢，用最快的速度打開筆電，開啓無數個網頁。

當一名活了七百多年的妖怪說他有種不好的預感，那實在不是能一笑置之的事。

安萬里先打給了珊琳，可是不知道是不是預防被楊百罌找到，對方的手機是關機的，直接轉入了語音信箱。

安萬里蹙下眉，改再打電話給胡里梨。他原本有絲擔心那名小女孩會不會故意不接，幸好這事沒有發生。

鈴聲響了一會兒，手機另一端就傳來了說話聲。

「喂喂？里梨我是里梨，副會長你有什麼事？」除了稚嫩的小女孩嗓音外，似乎還能聽到其他吵雜的音響。

「還問什麼事？我不是要妳們別亂跑？」安萬里摘下眼鏡、揉揉眉心，語氣裡多了一絲責備的味道，「珊琳也在妳身邊嗎？妳們跟誰在一起？現在快點回來。」

「萬里大哥，我們和眞霜姊姊在一起。」珊琳的聲音插入，「晚點就回去了。」

「讓我和那位眞霜姊姊說話。」安萬里說。

「不行不行，你一定會叫她帶我們回去。」胡里梨就像怕被人聽見地壓低音量，「我們好不容易可以從那個叫古眞霜的人類身上得到更多和池子有關的情報。而且里梨我和珊琳約好，要一起調查她弟弟溺死的原因……等我們弄好就回去，我說眞的，先這樣。」

彷彿怕安萬里再追問，胡里梨急急忙忙地掛了電話，只留下嘟嘟嘟的盲音。

安萬里試著再撥打一次，然而這次卻直接轉入了語音信箱，顯然胡里梨乾脆關機了。

安萬里沒嘗試再聯絡，他知道胡里梨一固執起來要做某事，向來不聽人勸的。他閉下眼，重新檢視那通通話中所獲得的訊息。

她們在調查某個池子，有個叫古眞霜的人類女子和那池子有關。她弟弟是溺死的，那麼就正是溺死在那座她們要調查的水池裡……

里梨不可能無緣無故要調查水池，要調查的人更可能是珊琳。珊琳爲什麼要做這種事？

「好的，萬里大哥。我有事情想問你，和妖怪有關……你現在方便嗎？」

「我想幫助百罌，給她驚喜……」

百罌學妹是狩妖士，珊琳想問妖怪的事，想幫她的忙……她想獨自幫楊家狩獵妖怪！

安萬里霍然張眼，瞳孔轉成碧綠。

「維安，立刻查市裡有哪個水池曾發生溺斃意外，有沒有誰剛好姓古？珊琳一定是今天認識那個叫古眞霜的女孩，這表示她曾經過那個意外地點，否則不會剛好遇見死者家屬。她是照我的吩咐搭公車到銀光大樓，中間只有一個轉車地點，紅葉公園，先把範圍縮小在紅葉公園。」

「已經這樣做了，副會長。」柯維安的手指快速敲打鍵盤，筆電螢幕上不時有視窗在短短瞬間放大或縮小，「我第一個就想到紅葉公園，我就是在那接到里梨她們的。而且那裡今天就發生了小孩子溺死的意外……新聞、新聞……關鍵字、關鍵字……」

柯維安嘴上喃喃自語，但手上的速度絲毫沒有慢下，反倒越來越快。

安萬里沒出聲打擾，他知道那名娃娃臉男孩向來都是習慣手嘴不停。當他的話變得更多時，就表示他也快釐清思緒，找到想要的資料。

果然用不了多久，柯維安忽然大叫一聲，「都找出來了！」

接著也不等安萬里詢問，他就自顧自地如連珠砲開口，「古眞霜不是我們學校的，沒有一個學生是叫這名字。符合水池小孩溺斃意外的，繁星市裡近日也就只有紅葉公園的秋紅池，珊琳和里梨鐵定是在調查這座池。加上今天發生的，還有上禮拜和上上禮拜，共有兩名女童溺斃，還有一名女童及時被救起。共通點都是國小生、女孩子，而且……」

柯維安的娃娃臉映著筆電螢幕上的冷光，他盯著那一筆筆資料，語氣不禁遲疑了，「沒有人……是姓古。」

「不單如此，而且，還全都是女孩子。」安萬里的嗓音平淡，好似和平時一樣，但又蘊含著某種不同。柯維安說不明白，卻能感覺到寢室裡的氣氛變得壓迫。

「女孩子？女孩子有哪裡不對嗎？」柯維安嚥嚥口水，問道。

「因爲那個叫古眞霜的女人告訴珊琳她們，她的弟弟也是溺死在秋紅池裡。」安萬里慢慢

地說。

「等等！弟弟？但溺死在秋紅池的分明都是……！」柯維安猛地咬住話，抽了一口冷氣。他終於發現到了，那個叫古眞霜的女人捏造謊言，她是故意要騙珊琳和里梨！

可是，爲什麼？柯維安這句話來不及喊出，寢室的橘色門板率先被粗暴地打開。

「柯維安！」稍早前說要去弄冰塊回來的一刻站在門口，他手上沒拿冰塊，反倒是抓著他那支搶眼的粉紅色花俏手機，臉色不知爲何很難看。

「是、是！」柯維安幾乎是反射性地跳起來，膝蓋還撞到桌子。他忍著痛，急急忙忙地回應道：「小白，我就在這！」

「你知不知道珊琳她們到底想做什麼？她們有告訴你嗎？」一刻大步邁進，一把將手機放至桌面，隨即另一道聲音加入。

原來一刻開了擴音鍵。

「柯維安，珊琳來找你了嗎？她去哪了？」那竟是楊百罌的聲音。只不過素來高傲冷然的語氣，此刻全讓焦灼取代，「我找不到她，手機也打不通。她原先是跟我說，她要在我們家附近逛逛，可是已到晚餐時間，她沒出現……她從來不會錯過大家一起吃飯的時間。」

可以聽見楊百罌不明顯地在手機裡吸一口氣，像是想穩定情緒。

「然後張叔剛在我爺爺的書房找到了一份傳眞來的文件，但那文件少了前面一張。那是符家傳來的，那剩餘的一張只寫了幾點不明所以的注意事項，像是別讓十歲以下的女童接近水池，尤其是具備靈力的……爺爺已經在打電話給符家，好弄清楚事情狀況。我擔心珊琳，我擔心她是不是一個人衝動地做出什麼事……」

「她想幫妳，百罌學妹。」安萬里說。

「幫……幫我？」楊百罌聽起來茫然極了，「但是，爲什麼……」

「有些事是需要妳們自己當面講出來，旁人插不了手。不過，我知道她想問我關於妖怪的事，只是還沒問到，就先被里梨拉走。維安。」安萬里話鋒一轉，點名了柯維安，「她們要你幫什麼忙？」

「咦？啊？她們也是想要我幫忙調查妖怪的情報，但我什麼都還沒來得及做，眞的！」柯維安忙不迭地發誓。

「她們要你調查什麼妖怪？」安萬里緊迫再問。

「六狼蛛……」柯維安連忙回想兩名小女孩告訴自己的名字，「她們想調查六狼蛛和牙突！」

空氣中像是有什麼劈啪碎裂的聲音。

柯維安和一刻都清楚地看見，安萬里身邊瞬間激濺出電流似的光芒，而他那一身人類外貌同時也不再維持。

「柯維安，你那有找到語通的考古題嗎？我這好像少了上上……」誰也沒想到，寢室門在這時被人無預警地推開了。

打算來借考古題的男同學就這麼傻在原地，最後一個「屈」字卡在喉嚨裡，因爲面前的景象怎樣也吐不出來。他看見有個和他們系上三年級安萬里學長長得一模一樣的人待在一〇一寢裡，然而那人的身上穿著像古裝劇裡的月白袍子，一雙眼睛像綠色玻璃珠，最嚇人的是他的半邊臉頰……

竟長著一片片像是岩石的東西！

「靠！鍾承彥!?」柯維安哪料得到系上同學會這麼不湊巧地冒出，還偏偏撞見不該見的，他當下想也不想地將門踢上。

另一邊的一刻則是立即抄起柯維安的筆電。

不過他們兩人的動作都沒有安萬里快。

「這可不是你現在該出現的時間，學弟。」安萬里一彈手指，那名大男孩登時眼一閉，直挺挺地倒了下去。

那聲音驚了柯維安一下，他暗暗同情自己的同學，希望別撞壞腦子，這可都要期末考了。

接著一抬頭，就看見一刻抓著自己的寶貝筆電。

「小白！你想對人家的小心肝做什麼？」柯維安緊張得花容失色。

「揍他。」一刻倒是很誠實地指著地板上的人說道：「不過也沒必要了。」

「不管有沒有必要，都別拿我的心肝啊！」柯維安連忙衝來，也不在意自己是不是踩到地板上的同學，雙臂一伸，飛快搶回筆電，「你不能因爲它敲不爛就老打它的主意！」

「所以反正也敲不爛。」一刻不耐煩地瞪去一眼。

「小白，發生什麼事了？」不在現場的楊百罌強抑心焦地問，「六狼蛛和牙突……珊琳爲什麼要找這兩種妖怪？該不會……」

楊百罌發出細微的吸氣聲，「符家要我們楊家幫忙狩獵這兩種妖怪，珊琳卻瞞著我們私下去做了？」

「百罌學妹。」恢復妖化面貌的安萬里拿起手機，平和地說：「剩下的事我來處理，我會將珊琳帶回銀光大樓的，妳只要到那等我們回來就好。」

「學長？不行，我也要……」楊百罌強硬的話語未竟，安萬里便打斷了她。

「別，插手，學妹。」安萬里的聲音剝去了笑意和溫柔後，竟冷澈得嚇人，「我會處理，我不需要有其他人礙事。我猜，我說的話應該沒有讓人聽不懂的地方。我會讓小白去接妳，你們一起在銀光大樓等我。」

頓了一頓，安萬里轉頭望向一刻，「小白，可以麻煩你做這事嗎？」

「啊，好……」一刻就像被安萬里的另一面震懾住了，一會兒後才回過神來。

「那麼，事情就這樣定了。」安萬里直接掐斷手機的通話，碧眸看著自己的兩名學弟，那雙細長的眼睛驀地瞇細，像是在笑，可是毫無笑意，「我猜我說的話，你們同樣也應該沒有聽不懂的地方。小白負責去接百罌學妹，至於維安，你只要記得手機帶身邊就好，我另有打算。而六狼蛛和牙突的事，我來處理即可。」

「六狼蛛和牙突究竟是怎樣的妖怪？」一刻留在原地，固執地非要得到答案。

「六狼蛛是種本體會躲匿在水池的妖怪。它有六隻眼睛，但真正靠的是它的嗅覺，它聞得到靈力的味道；它的目標向來都是年幼、擁有靈力的女童。」安萬里張開手，掌心一縷煙氣冒出，化成一隻六足、六眼的醜惡妖怪。

「水池？女童？難道……」柯維安馬上串聯起關鍵字眼，「秋紅池裡躲的就是……」

「而牙突，同樣生活在水池中，藉由地下水脈進行移動。」安萬里平靜地再說下去，像是沒看見一刻和柯維安錯愕的神色。他掌上的煙氣再度改變形狀，這次成為一張布滿利齒的可怕大嘴，「牙突最愛的食物，亦是擁有靈力的女童。但它不若六狼蛛具備著靈敏的嗅覺，所以它會用另一個方法設法捕食。你們知道毛氈苔嗎？」

「捕蟲植物，有著突出紅點的那個？」一刻不明白這兩者有什麼關係。

「是的，就是那個。毛氈苔會分泌黏液，以氣味和光澤來引誘昆蟲靠近。而牙突則會製造出一朵虛幻之花，只有靈力充沛的小女孩才看得見。牙突很貪心，它要吃就一定吃極為高級的獵物。所以也只有靈力夠強的孩子才看得見，然後看見的孩子會被迷惑，自動送到它嘴邊，內在會被吃得一乾二淨，靈力、靈魂，最後只餘空殼。」安萬里說。

「六狼蛛和牙突它們是習性如此相近的生物，但是有牙突在的水池，絕不會有六狼蛛。我說了，牙突很貪心，它會先把池子裡的東西吃光，創造出屬於它的地盤。維安，你在查找秋紅池的資料的時候，是不是還有查到什麼？」

「對……」柯維安結結巴巴地擠出聲音，那時他沒有多加在意的資料，現在想來，竟令他不禁心驚膽顫，「秋紅池的魚不見了，都不見了……連屍體也找不到。管理處的人在懷疑，是不是有民眾私釣或私捕……」

但，眞有民眾有那麼大能耐，將池裡的魚抓個精光嗎？要知道，秋紅池名爲「池」，佔地面積卻幾乎等於整個紅葉公園。

「牙突就在秋紅池的機率極高；而珊琳到銀光大樓時，遭到六狼蛛的分身攻擊。她說，她是在離開紅葉公園後，便感受到對方一路尾隨著她。加上突然冒出編織謊言的古眞霜……」安萬里倏地握住掌心、捏碎煙氣，鏡片後的眼眸又深又綠，「維安、小白，你們覺得『古眞霜』最有可能是什麼？」

柯維安和一刻一時都說不出話，唯一眞切感受到的，就是他們的心正不安地往下沉……

第十一章

眼看胡里梨乾脆地將手機關機，珊琳的心裡還是有絲猶豫。她瞄瞄坐在她們對面走道的古眞霜，對方像是強忍著翻騰情緒地緊握雙手，指關節都泛白了，似乎無暇注意方才她們和安萬里壓得極低的對話。

自從在繁星大學男宿前將她們帶去搭校車下山後，古眞霜一路上就像心神不寧，看似緊張，看似期待。

珊琳猜想，一定是因爲要去和發生溺水意外的當事人見面的關係吧？那名國中生聽說是唯一在秋紅池溺了水，卻及時被救起的人。只要和對方實際見上一面、問上一問，說不定就能知道自己弟弟溺斃的眞相，所以古眞霜才會看起來緊張又期待。

「里梨、里梨，妳把手機關掉好嗎？」珊琳壓低音量，小小聲地和身邊同伴咬著耳朵，「萬一萬里大哥找我們怎辦，要不要再開機比較好？」

「哎？可是這樣副會長就會一直打來，一直要我們回去。」胡里梨睜圓大大的眼睛，「珊琳不想跟里梨我一起把事情調查清楚嗎？不用怕，里梨我會保護妳的。」

「不是，我只是……」珊琳一時也說不上來。她望了眼車窗外的天色，夜幕已拉下。她想幫百罌的忙，可是這時候……百罌是不是在擔心自己了？

珊琳無意識地咬住嘴唇，忽然覺得……自己是不是做錯了？她不想被當成小孩，被人排除在事情外。她會擔心百罌一個人會不會出事，可是現在，她瞞著百罌、瞞著楊家人跑出來，她是不是也讓他們有了和自己相同的感受？

一旦開始這麼想，珊琳就難以抑制自心頭冒出的擔憂和不安。她幾乎想拿出手機，重新開機，立刻聯絡楊百罌。

如果不是一聲尖銳的下車鈴霍然響起的話。

珊琳嚇了一跳，反射性收起手機，隨即一隻手握住她，用幾近倉促的力道將她拉起。

「珊琳，紅葉公園到了，我們要下車了。」古眞霜低頭俯望，臉色看起來比平日蒼白，可眼中有著奇異的光芒。

「眞的到了耶，珊琳，我們快下去看看吧。」胡里梨貼著車窗，向外看了一會兒，接著興奮地滑下椅子，推著珊琳往走道走。

珊琳在口袋裡握著手機的手收緊一下，再慢慢鬆開，棕眸堅毅，心中下了決定。不管今晚能調查出什麼事，等一結束，她就要回去找百罌、找爺爺。

比起自己的失落與寂寞……她更不想看見他們流露出擔心的表情。

古眞霜一路上都牽著珊琳的手，帶領著她和胡里梨下車走進紅葉公園。她的手格外涼冷，在這略嫌悶熱的夜晚中，顯得有絲異常。

珊琳還注意到，古眞霜握著自己的手勁甚至也大得有點過分。可她沒多想，只當對方情緒緊張。更何況當她們走進公園內的一條步道，她就被其他事引開了注意力。

明明是星期五晚上，外邊路上人車多又熱鬧，然而燈火通明的紅葉公園裡中，卻反常地冷冷清清，放眼望去竟不見其他遊客。

深幽的池水映著樹影、光影，鮮紅的鋼橋在池面上彎彎繞繞，入夜的紅葉公園可謂美不勝收，與白日是截然不同的光景。

可是，就是少了人氣，空空蕩蕩的，好不詭異。

「咦？怎麼都沒見到人？」胡里梨也覺得不對勁，納悶地東張西望。突然她眼尖地瞧見底下的一處草地上，似乎站著人影，立即伸手指著那喊道：「那裡有人，是約好要來的那個女孩子嗎？」

「眞的有人。」珊琳的視力好，順著胡里梨的手指一望，頓時也瞧見那抹身影。她一心想趕緊調查完事情，好早點同楊百罌聯絡，便抽出被古眞霜握住的手，改拉著胡里梨三兩步地往下跑。

兩名小女孩沒一會兒就跑近那抹人影後方，對方背對著她們，看不見容貌，只能看出頭髮及肩，個子比她倆都高。

「妳就是和眞霜姊姊約好的那個人嗎？」珊琳細聲細氣地問道。

但是，那人影像是沒聽見問話，動也不動，全然不給出一個回應。

珊琳以爲對方是不願搭理古眞霜以外的人，連忙回頭找尋古眞霜的身影。可說也奇怪，方才明明握著她的手、走得那麼急的長髮女孩，居然不見了蹤影，沒跟在她們後方。

「眞霜姊姊？」珊琳一呆，但無論她如何四下張望，就是尋不著古眞霜的影子。

「那人類不見了？不管了，我們自己先問。」胡里梨並不在意古眞霜的去向，轉瞬下了決定。既然面前的人不理人，她就主動靠近。

「欸，妳，里梨我有事想問妳。」胡里梨伸出手，出其不意地一把抓住前方短髮人影的手臂。可她怎樣也沒料到，自己抓住的會是一把空氣。

就在這時，那人影猛地消失。少了支撐物的衣服迅速掉墜在地，隨後連衣服也化爲烏有。

「什……」胡里梨瞪大眼，結結實實地愣住。

「不見了？」珊琳面露錯愕。

但不等兩名小女孩再有其他動作，一股無預警的強大力道已冷不防襲來，狠狠將她們都推下了水池中。

「哇！」

「呀啊！」

忽然落水讓胡里梨和珊琳不禁發出驚叫，幸虧池邊水淺，她們狼狽站起後，水只到腰間。只是全身都已濕淋，水珠不斷從髮梢、衣角滴下。

胡里梨和珊琳根本不明白發生了什麼事，她們下意識抓住彼此的手，急忙想回到岸上，可是那個位置，不知何時站了一雙腳。

腳的主人是名高高瘦瘦的長髮女孩，戴著一副大大的黑框眼鏡，皮膚有些蒼白，赫然是先前不見蹤影的古眞霜。

「眞霜姊姊……」珊琳茫然了，眼眸底映出對方唇角的微笑。

不若以往見到她們靠近水池時就會湧現的緊張、擔憂，這時的古眞霜在瞧見她們跌入水池中，竟是愉悅地揚著笑，唇角眞眞切切地勾了起來。

爲什麼……眞霜姊姊爲什麼要看著她們笑？

「珊琳。」古眞霜沒有伸手幫忙拉起兩名小女孩，反倒是蹲了下來，漆黑的眼珠裡隱隱泛著詭異的青色，「妳現在又有看見花了嗎？」

珊琳知道自己應該馬上拉著胡里梨遠離對方，古眞霜的眼睛不可能會是人類所有，但是她卻控制不住，反射性地轉頭向池中一望。

那雙眼眸驀然睜大。

「珊琳？」身邊人突無動靜讓胡里梨困惑地喊了聲，緊接著對方的舉動讓她慌張地變了臉色，「珊琳！」

像是沒有聽見胡里梨急切驚慌的呼喊，珊琳目光盯在水池中一點，腦內只有一個想法——她要走過去，那裡有花，她要摘花。

珊琳眼中只看見水池上盛綻如結晶般的美麗花朵。

「珊琳！」胡里梨不知珊琳看見了什麼，在她看來，水池上就只有一大堆不同東西的影子。眼見對方無視自己的叫喊，一心只想往水池深處走去，她想也不想地猛力抓扯住對方的手臂，使出渾身解數，說什麼也要將人拉上岸。

而胡里梨的天生蠻力，在這時派上了用場。

縱使珊琳反抗掙扎，仍舊不敵那力道，只能一步步被人強迫拉出水池。

一踏上岸，胡里梨差點失去平衡地跌下。她全身濕漉漉的，但她沒有放開手，依然緊緊抓著珊琳。對方的小臉呈現恍惚，目光離不開水池中央，顯示出仍是陷入半失魂的狀態。

是什麼迷惑了珊琳？

「珊琳！」胡里梨大力搖晃珊琳的肩膀，那手勁和那一喊，似乎讓對方的臉上開始出現茫然以外的情緒。

眼見珊琳像是要回過神來，胡里梨不敢放手，一雙眼眸改惡狠狠地瞪向古眞霜。

「妳是……妳是什麼東西！」胡里梨露出尖牙，眼珠回復紫色，「妳騙了我們！根本就沒有誰跟妳約好在這裡！」

「事實上，我也沒有弟弟淹死在這裡，偏偏妳們真的傻得相信了。」古眞霜就像初次見面那般，對胡里梨露出親切溫和的笑容，只是這笑此刻看在胡里梨眼中，只覺滿滿惡意。

「妳們眞是好孩子，自告奮勇願意幫我調查，一切事情順利得有點嚇到我了呢。我本來的目標只有珊琳，但妳的出現讓我的計畫更順利。我知道妳是妖怪，里梨，不過妳得要學學更完美地隱藏好妖氣，就像我一樣，否則會被我聞出來的，因爲我的鼻子非常、非常靈哪。」

胡里梨大睜著眼，一時竟說不出話，唯獨內心湧上滿滿後悔。是她的錯，她的錯，都是她強拉著珊琳跟她到處跑，甚至是她傻傻往陷阱一頭栽進，才會導致情況變這般糟。

胡里梨緊緊抓住似乎還正努力甩開渾噩的珊琳，用力眨去幾乎淹上眼眶的淚，她知道自己現在唯一能做的是什麼。

保護珊琳，帶她走！

「里梨我不會讓妳得逞的，我可是……可是比妳想像中厲害！」胡里梨卸下了人類外貌的僞裝，一頭長髮眨眼染回桃子色，駭人如大嘴的黑影在她身後晃動，與生俱來的妖氣也隨之釋放而出。

「可是，」古眞霜神情不變地站了起來，視線還是遙望水池，她柔和地微笑說：「我比妳還要狡猾太多了，里梨，妳有沒有也看到花了呢？」

胡里梨一怔，不知該在意古眞霜的第一句還是第二句。可下一秒，她聽見秋紅池冒出咕嚕咕嚕的聲音，就像有什麼在水池裡噴吐著氣泡。

紅葉公園的照明燈設置得極多，即使是夜晚，還是能看清秋紅池的大半動靜。

胡里梨看見黑幽幽的水池冒著大量水泡，然後有什麼從水中霍地升起。

紫紅色的，那是一座細細的紫紅色拱橋。它的另一端搭上了岸邊，在半空中呈現微彎的拱形，像是在等著人走踏上去。

不單如此，接近拱橋的盡頭處、也就是靠近水池中央的上空，赫然有團斑斕光芒閃耀。

不對，那不是單純的光團。

胡里梨看得清楚了，那分明是朵如同由結晶鑄出來的花，花瓣盛綻尖長，既美麗又虛幻，彷彿要奪去所見之人的目光……

見到那花的出現，珊琳一瞬間不動了。她低低呢喃了一聲，這使得胡里梨以爲她清醒過來了，大意地鬆開手勁。

沒想到就在這當下，珊琳推撞開胡里梨，拔腿奔往了池邊。

「珊琳！」胡里梨心裡驚駭，慌忙要追上。她不曉得那橋是什麼、那花是什麼，她有種強烈的不安，無論如何她都必須阻止珊琳！

可就在胡里梨幾乎觸及珊琳衣角的剎那，一股無形的力量猛地禁錮住了她的身體，使她動彈不得，只能眼睜睜看著珊琳終於到達池邊，然後慢慢走上那座拱橋。

「不行、不行！不可以，珊琳！」胡里梨尖聲地喊，眼眸泛濕，她不明白自己怎麼突然間不能動了。

「妳的任務不是阻止她，而是跟著她一塊上去。」古眞霜的眼睛在鏡片後亮著詭異至極的青光，蒼白的臉部皮膚像有什麼要從下撐破突出，「跟著她去，推她下去，然後拿回那『鏡之花』給我。」

「妳的腦袋壞了嗎？里梨我才不可能做那種事！」胡里梨憤怒地嚷，但聽起來更接近哭叫。她看見珊琳走上去了，她要阻止，必須阻止！

「妳會做的。」古眞霜的蒼白皮膚「啪地」迸裂，有四隻突起的青碧眼珠分布在她臉上，模樣說有多恐怖就有多恐怖。而似乎不覺得自己的相貌駭人，古眞霜又笑了，冰冷惡毒，「難道沒有人告訴過妳……別隨便，和陌生人做下約定？」

最後兩字一落，胡里梨登時感到自己的右手小指忽地傳來一陣尖銳刺痛。她瞳孔收縮，看見從小指為起始點，無數絲線倏地從那迅速繞出，捆縛住了她的四肢身軀。

那線的顏色不是白、不是黑，不是任何一種，而是宛如眾多色彩雜混在一起，最後形成了難以形容的髒污。

胡里梨記得這種線，她曾看過，就在今日傍晚的紅葉公園裡，她不敢置信地瞪向古眞霜。

同一時間，那名長髮女孩的背後也傳來類似撕裂的聲音。

一隻、兩隻、三隻、四隻、五隻、六隻……覆滿堅硬鋼毛的巨大六足從她背後伸展開。

曾派出分身攻擊胡里梨和珊琳的六狼蛛本體就在這裡，就是古眞霜！

就算如今知道六狼蛛的本體就是古眞霜，也已經太晚了。

胡里梨沒辦法控制自己的身體，她身上都被六狼蛛的蛛絲纏縛著。就只是因爲她大意地與敵人做下約定，才導致陷入了連反擊也做不到的境況。

現在的她，有如古眞霜的傀儡，只要蛛絲的另一端還在對方手上，她就無法反抗。

「好了，快上去跟在珊琳後面，緊緊跟著。」話語嗓音柔美，然而嗓音主人的外貌卻相當駭人。

六隻碩大突圓的青色眼珠鑲附在臉上，將臉上的其他五官擠得扭曲。背後是六隻巨大的硬足伸展開，身上的衣飾不再，取而代之的是麻密的髒污絲線纏附了她全身上下。

「緊緊跟著，讓珊琳爲餌，搶下那鏡之花給我！」古眞霜的聲音再也壓抑不了興奮，她尖聲咆吼著，而那聲音就像揮出的鞭子，狠狠甩至胡里梨身上，逼使她只能前進不能後退。

胡里梨也踏上了那座紫紅色拱橋，異於木頭硬實的詭異觸感令她反胃。然而她還是只能一步步向前走，跟隨著珊琳一塊即將接近橋的中央。

胡里梨咬著自己的嘴唇，咬得都出血了，但疼痛也不能使她擺脫古眞霜對她的控制。而前方的珊琳依舊像是什麼也不知道，只是一心要往橋的盡頭走去。

「別去……珊琳，拜託妳別再往前走……」胡里梨哽咽地喊，眼眶潮濕刺痛，「珊琳！」

奈何珊琳還是宛如未曾聽聞。

「妳就算眞喊醒她也沒用，她也與我做了約定。不管如何，她都不能不走。與其這樣，妳不如讓她什麼都不知道地走下去。還是妳想讓珊琳懷抱恐懼之心，知道自己要走去什麼地方嗎？」古眞霜輕輕地笑了，笑中滿是惡意。她望著比胡里梨更像傀儡人偶的珊琳，忍不住舔舔嘴唇。

「珊琳的味道眞香，她的靈力多麼充盈，怪不得我的分身們也按捺不住。但是，我得忍耐點才行，否則我在第一眼見到她的時候，就會忍不住將她吞下肚。但吞了的話，我的計畫就不能實現。比起一個美好的食物，如何獲得鏡之花更重要，它能讓我得到我苦苦追求的答案。連我都要費那麼大力氣，才得以壓抑食欲，對牙突來說，又是多大的一項誘惑？正如我所料，當珊琳落入池中，她的氣味引得牙突無法控制了，不然它也不會祭出眼下這手段，好將珊琳迷惑得連心智都沒了。」

這手段？是說那鏡之花嗎？鏡之花又是什麼？讓古眞霜寧願強壓食欲的本能，也要用珊琳做餌……胡里梨想不透也無暇去想，她和珊琳已經來到橋中央，再這樣下去很快就會走到盡

頭。

盡頭是什麼？胡里梨分心低頭往水裡一看，這一看，她煞白了臉，懼意爬上後背。池裡乍看下黑幽幽的，但在四周燈光的照明下，還是能看得清楚。有一張極大、極可怕的嘴，上下布滿利齒，就躲在水池中，像個不見底的深淵。

而拱橋的另一端，就深深地埋在那張大嘴中。

不對……不對、不對、不對！

胡里梨瞪大眼，一個哆嗦。她們走的不是橋，她們走上的……是牙突的舌頭！

如果是平常時候，胡里梨不至於那麼害怕。她也是妖怪，她口頭上總掛著「里梨我可是『呑渦』」也是有原因的。假使沒有一點實力，胡十炎斷也不會安置她在自家公寓外，負責「接待」客人。

可是現在並不是平常時候。她誤和六狼蛛結下約定，被人操控，不得隨意行動。而她的朋友正命懸一線！

是她的錯、是她的錯……若不是自己胡來，事情也就不會演變至此。

眼見她們逐漸往下走，離鏡之花越近，也離牙突的大嘴越近，胡里梨的淚水在眼眶裡翻騰，尤其是當她聽見古貞霜那宛如詛咒般的字句響起。

「推珊琳下去，搶得鏡之花給我。」

不要、不要……胡里梨驚惶地看著自己的雙手不受控制地抬起，淚水奪眶而出。

「求求妳不要……」胡里梨聲音顫抖，但怎樣也無法阻止自己的手。她就快要碰到珊琳的背，她就快要將珊琳一把推下去。不不不，珊琳會被吃掉的！她不要、她不要！

「里梨我不要——」胡里梨哭叫出聲。

瞬間，半空中傳來什麼碎裂的聲響。那如同東西爆裂開的聲音，在夜間格外清晰，甚至引得岸上的古眞霜分心地抬頭一望。

闃黑的夜晚中乍然散濺下金色流火，那一簇簇金黃火焰就像雨一般落在牙突紫紅色的舌頭上，以及珊琳和胡里梨的身周，卻絲毫沒有眞正觸及她們。

胡里梨不敢置信地瞠大眼，紫眸內又是驚又是喜。

吼啊啊啊啊啊——隨著金焰燙上牙突的舌頭，秋紅池的池底深處傳來了沉重的哮吼聲。那條形如拱橋的紫紅色物體猝然收捲，空中的鏡之花也消失無蹤，就像是巴不得早一分、早一秒全退回池子裡，以減緩殘留其上的灼燙疼痛。

但牙突的舌頭一抽退，原先待在上面的胡里梨和珊琳頓時失去支撐地往下掉。

「該死的，我的餌！」古眞霜臉色大變，從容的表情再也掛不住，六隻眼睛閃動激動的青熾光芒。她急急忙忙扯動雙手，說什麼也不能讓兩名小女孩墜入池中，讓牙突有機會白白地吃了她們。

可是絲線的另一端就像失去連繫，空無一物。縱使古眞霜加大手勁，也是毫無反應。

「怎麼會……」古眞霜大驚，立刻想到前一秒像驟雨落下的金色火焰。難道說，就是那火焰……「狐火……是哪來的妖狐敢破壞我六狼蛛的事！」

「可惜我不是妖狐一族，讓妳失望眞是抱歉。」溫和有禮的聲音在古眞霜後方響起。

古眞霜大力扭頭，一瞧見陰影處竟有張狐狸面具若隱若現，便想也不想地口吐絲線。多束絲線鋒利如針，全往那面具不留情地扎刺進去。

卻沒想到面具應聲碎裂，但底下並未見得任何一人。

不等古眞霜驚悟自己被障眼法矇騙，就在這轉瞬之間，一道黑影已迅雷不及掩耳地朝秋紅池一捲，硬是搶在兩名小女孩即將落水之際，將兩人捲了起，飛快帶到另一側岸上。

胡里梨還搞不清楚發生什麼事，只感覺自己被一片黑暗蓋了頭，分不出東西南北，然後就跌落在地，屁股一陣疼。

「老大！珊琳、珊琳……」胡里梨才不在乎屁股上的疼痛，她慌慌張張地揮開遮蓋自己視野的黑布，一爬出來，反射性就是淚汪汪地著急喊：「珊琳她……」

胡里梨的話沒有喊完，她紫眸睜得大大的，裡頭不止是忘記落下的淚水，還倒映另一張傻愣愣的小臉。

還未恢復眞身的褐髮小女孩也是剛從黑布裡掙脫出來，小臉茫然，但眼中有著貨眞價實的清醒神采，不再淨是空洞。

「里梨？」珊琳困惑地說：「這是怎麼……」

「珊琳、珊琳……里梨我擔心死妳了啊！」胡里梨不等珊琳說完話，雙臂一張，就是抱著對方嚎啕大哭，成串的眼淚像珍珠般不停掉下。

珊琳還是糊里糊塗，只能下意識拍著胡里梨的背，安撫對方。她記得自己看見了花，然後耳邊隱約還能聽見胡里梨的大叫，她心裡著急，卻無法做出反應，只得任憑自己的身體行動。

——去摘花，必須去摘那朵花。

珊琳突地一個哆嗦，小臉發白。現在回想起來，自己分明就是被徹底懾去心神，不由自主地受到操控。

珊琳緊張地往秋紅池望，那裡現在一片幽靜，什麼異狀也沒有，接著她再往對岸望去。

隔著偌大的水池，對岸站著一個人。

不對，那不是人。

珊琳無意識地收緊手指。

那是妖怪，背後有著蜘蛛的六足，全身被髒污的絲線密密纏捆。臉上突出著六隻青色的碩大眼珠，將其餘的五官擠壓得扭曲變形，但是依稀殘留著一分影子，「古眞霜」的影子。

珊琳的瞳孔凝縮，原來那些叫喊是眞的。

「妳騙了我們！根本就沒有誰跟妳約在這裡！」

「難道沒有人告訴過妳，別隨便，和陌生人做下約定？」

「珊琳的味道眞香，她的靈力多麼充盈，怪不得我的分身們也按捺不住。」

「求求妳不要……里梨我不要——」

胡里梨的聲音、古眞霜的聲音，那些都是眞的！

珊琳用力緊握自己的手指，她以爲幫了人家，誰想得到一切只是個局。

六眼、六足，古眞霜就是那六狼蛛的本體！

「幫忙人不是壞事，可有時候要知道自己幫的是誰。」沉穩和煦的男聲落下。

這聲音不光是引得珊琳抬頭，也使得胡里梨停下了眼淚。

胡里梨胡亂地抹抹眼角，鬆開抱著珊琳的手，這才發現剛剛捲著她們過來的黑布，赫然是一件漆黑斗篷。接著她再仰頭，水晶紫的眸子越張越大。

她以爲方才她聽錯了，因爲那個火焰不是應該是老大他……然而落進眼中的身影，卻千眞萬確不是那名黑髮金眸的小男孩。

相反地，那人個子瘦高修長，一身月牙白袍套在身上，襯出了幾分脫俗的飄逸味道。斯文的面龐上掛著一副細框眼鏡，鏡片後是翠綠色的細長眼眸，一旦隨著微笑半瞇起來，就會有人說那眞是狐狸眼、狐狸笑，不知又在打什麼狡猾主意。

可是儘管旁人再怎麼說，他都不是妖狐一族——最明顯的證據，就是他半邊臉頰上覆蓋的片片石岩。

「好了，孩子們，我們趕緊解決事情，趕緊回家吧。」那名斯文男子微微一笑。

胡里梨張著嘴，還沒擠出話，一旁的珊琳已經吃驚地喃喃喊了。

「萬里……大哥？」

古眞霜怎樣也沒料想到自己會功虧一簣，明明該是完好的計畫，卻是半路殺出程咬金！

早在好些日子前，她就因爲某個原因而在尋覓著牙突的蹤跡，但都未有所獲。

一日她來到繁星市，相中了紅葉公園的秋紅池，想作爲自己暫時的棲身之地。六狼蛛性喜水，向來生活在水池中，紅葉公園又是個人多熱鬧之地，待在這裡，想必輕易就能捕捉到適合的獵物得以果腹。

可是出人意表地，秋紅池內竟已有了住客，還正是自己苦思尋覓的牙突！

眼見目標就在觸手可及之地，古眞霜心中大喜，但也不敢躁進。她清楚若直接和牙突硬碰硬對上，被吞的只會是六狼蛛。

因此她決定等候，等著有適當的餌食出現，好成功地一舉引誘牙突上當。

古眞霜知道牙突不會主動現身攻擊獵物，它只會以幻術迷惑具備靈力的年幼女童，讓對方無意識走入池中，送進它的嘴內。等它將靈力及靈魂都吃得一乾二淨後，便會將那具什麼也不剩的空殼吐出，這也就是爲什麼人類警方依舊可以打撈到屍體的原因。

而假使獵物的靈力格外強盛，爲了確保能讓對方受到迷惑，牙突會吐出舌頭，同時一直埋藏在它體內的「鏡之花」也會被吐出，藉此懾去對方的全副心神。

古眞霜想要的就是那鏡之花，然後，她在紅葉公園發現珊琳了。

六狼蛛的嗅覺很好，無論那名小女孩究竟是什麼種族，無庸置疑，她都有著足以令六狼蛛發狂的濃郁靈力之氣。

古眞霜多想在第一眼見到她時，就將她一口呑下。然而她忍耐下來了，她有更好的主意。因爲那名小女孩，會是絕佳的誘餌。連六狼蛛都心癢難耐的獵物，牙突又怎麼可能放過？所以她編織謊言，讓那孩子傻傻地往陷阱裡跳。不管珊琳是什麼種族，她都太天眞、太相信人了。雖然之後珊琳身邊多出了胡里梨，但對古眞霜而言，要耍弄單純的無知小妖亦是易如反掌。

事情進行得非常順利，古眞霜用簡單的問句就獲得兩名小女孩接下來的動向。她特意前往守株待兔，果然以一則簡訊，便讓那兩名孩子毫不懷疑地離開繁星大學男宿，同她碰面，和她一塊再前去紅葉公園的秋紅池。

當珊琳落入水，她的靈力氣味不出所料誘得牙突吐出鏡之花，要用最強力的幻術確保獵物無法逃開。

而按照古眞霜的計畫，她只要在旁等著受她操控的胡里梨將珊琳推下去，利用牙突被吸引住注意力的瞬間搶得鏡之花。

原本該當如此的……原本該當如此的！

「你究竟是何人？爲何要壞我好事！」古眞霜的六隻眼睛都在閃動著憤恨的光芒，在夜間宛若六盞青幽鬼火。隔著暫無動靜的秋紅池，她咬牙切齒地怒視無預警出現的人物。

對方黑髮白袍，眼珠碧綠，頰上覆有石片，外貌看上去不過是二十來歲的年輕人。但就是這名理應非是妖狐族的年輕人，釋放出了金色狐火。

「既然不是妖狐，又爲什麼會有妖狐族的狐火！」

面對古眞霜扔砸出的一連串逼問，安萬里還是那副從容溫和的模樣。他拍拍珊琳仰高的腦袋，接著伸手探進自己的袍袖裡。

「我只是向摯友臨時借了幾盞火焰來用，畢竟攻擊並非我所擅長的。」安萬里張開掌心，在他潔白的手掌上，赫然躺有兩顆透明小球，裡頭是灼灼金焰燃燒。

古眞霜頓時想明白，剛才所聽見的炸裂聲就是其中一顆小球迸裂，裡面保存的狐火才會隨即漫灑而出。

「我還當你是妖狐族的，不管你是何族，看在同胞的面子上，只要你將兩名孩子還我，我就不對你動手。」古眞霜放緩語氣，決定先改以勸誘。她的心裡多少還是忌憚著那兩顆火焰之球，那樣的威力，其主人必定有著一番來頭。雖說她一時間尚無法判斷白衣男子的種族，但幾樣特徵還是讓她覺得有一絲眼熟。

青碧色的瞳孔，還有那半邊臉上的石片……

「還妳？呸呸呸，里梨我和珊琳才不是妳的！」胡里梨大力抹去眼淚，氣沖沖蹦跳起來，雙拳緊握，看起來有多惱怒就有多惱怒。

「抱歉了，古眞霜小姐，我是她們的保護者，這點請恕我無法從命。」安萬里改摸摸胡里梨的頭髮，像是在安撫對方，看向古眞霜的表情還是溫和又笑吟吟的，只除了那雙半瞇起來的細長碧眸內毫無笑意。

古眞霜一見那眼神就明白了，那名白衣男子絕不可能應允。

古眞霜只是冷笑，嘴唇擠出一個歪曲的險惡弧度，她早有心理準備，「那麼，你就保護看看吧，看你要如何從牙突口下保護她們！」

說時遲、那時快，原本還平靜無波的秋紅池面陡然間竟像炸開了鍋，大量池水噴濺，乍看下就像巨浪翻騰。

隨著水花一股腦地落下，一個難以形容的醜惡生物從池中顯現出來。

「那是……」胡里梨睜圓紫眸，雙足不自覺地往後退一步，她還記得那張巨大的嘴巴。

從秋紅池裡爬出的生物，表皮外層坑坑窪窪，如同無數土塊堆黏在一起。在那上面看不見其他五官，就只有一張幾乎佔據全身的血盆大口。那大口若是一張，簡直像是遍布利齒的深淵在對著人，等待獵物掉落的任何機會。

在那具身軀底下，則是延伸出多條像乾枯樹枝的長足。那怪物就利用這些長足，將自己龐大笨重的身體給托上岸。

「難道說，那個就是……」珊琳喃喃地說，一個顯而易見的答案已經浮現腦海。

「牙突。」安萬里將珊琳未吐的兩字說出，他神色平靜地望著不再隱匿池底的怪物，手指無意識地摩挲著包有金黃狐火的透明晶球，任誰也窺探不出他現在的情緒。

終於露出全貌的牙突發出了沉重呼氣聲，黏稠的口涎不斷從那張大嘴齒縫中滴溢出。然後那呼氣聲越來越重、越來越重，最後成爲一道駭人哮吼。

吼啊啊啊啊啊——

牙突裂開血盆大口，毫不遲疑地朝安萬里等人所在方向猛力衝撞。看那架勢，就像要將他們三人一口全吞了。

「你們就慢慢和牙突玩吧，這次不成，我多得是下次機會，我總會再找到像珊琳一樣的誘餌。」古貞霜輕柔的嗓音滿是惡毒，她身後的堅硬六足縮起，隱於背後皮膚底下。臉上的六隻眼珠也減少爲兩隻，被擠迫的五官回到原來位置，就連纏附身軀的髒污絲線也重新化成人類的衣物。

這一刻的古眞霜，看上去就和尋常人無異。

「再見，或者說我們也不會再見了。」古眞霜咯咯輕笑，身形一扭，便是連退數尺，拉開與牙突的距離。而她知道自己的下一次後退，就會徹底退出紅葉公園的範圍。

只不過，就在古眞霜想再次往後踩出步伐的瞬間——

「我是世界的光。跟從我的就不在黑暗裡走，必要得著生命的光。（出自《聖經》）」

隨著話聲落下，古眞霜錯愕地發現到自己居然無法再退，她的背像撞上一堵硬實的牆，隔絕了她的去路。

「怎麼可……！」古眞霜不敢置信地扭頭察看。

那屏障高聳至極，不僅圈繞住整座紅葉公園內部，最頂端還收束成一點，形狀乍看下就彷彿巨大的鳥籠。

古眞霜震驚不已，迅速再轉頭，頓時剛好看見攻擊撲空的牙突一頭撞進地裡。

珊琳和胡里梨各落在不遠處的燈柱上。前者的外表也改變了，不再是褐髮棕黑眸子的小女孩模樣，她的髮絲碧綠如山林，眼眸深棕如泥土，雙腳赤裸，一身長裙也成民族風衣飾。

六狼蛛的嗅覺很敏銳。

「原來是山精嗎……」古眞霜聞出來了，當下也明白珊琳怎會有那一身驚人的靈力，不過她的目光很快又掃向另一人。

那名不知是何種族的白衣男子踩立在擺飾用的大石上，衣袂飄飄，原本空著的手此刻拿著一本攤展開的橘色硬皮小書。

「眞抱歉，恐怕妳暫時也走不得了，眞霜小姐。」安萬里俐落地闔起小書，唇角是恰到好處的有禮，然而句子裡是不容辯駁的強硬。「我還有話想問個清楚，我猜，妳會願意告訴我的。當然，是在沒有牙突的打擾之下——珊琳、里梨，牙突就由妳們負責，別讓它趁機吐出鏡之花即可！」

「明白！」

「里梨我知道了！」

安萬里一聲令下，燈柱上的兩名小女孩不假思索地聯手採取行動。

同時，大半身軀埋入草地的牙突也重新掙扎出來。由於它臉上沒有其他五官，看不出表情。可是從它咧得猙獰的大嘴以及瘋狂舞動的多條長足來看，便能知道它陷入了憤怒。

牙突嘶吼咆哮，身下竟又冒出更多如枯枝般的長足。它們像長鞭般甩動出來，無一不是針對珊琳。

想吃、想吃，那強烈得令人發狂的美好味道！牙突吼聲陣陣，彷彿連空氣也為之震動。

然而胡里梨和珊琳的動作卻異常靈活，沒了先前的禁錮，她們毫不猶豫地盡展全力。

面對全數襲向自己的長足，珊琳飛快拍手。那響亮的一聲剛落，夜色中乍然霧氣湧動，像是活物般一口氣籠罩於那些長足之上。

彷彿知覺受到干擾，牙突吼聲中竟出現一絲遲疑般的情緒，連帶長足的攻擊也停滯一瞬。

趁此機會，珊琳迅速蹲身，雙掌大力拍擊地面，「起！」

隨著那聲稚氣嘹亮的童聲喊出，平靜的公園地面驟起異動。被人工修剪得短短的整齊草皮剎那間像發了瘋似地急速生長，它們一片片交纏一起，轉眼就像無數的繩子，四面八方綁縛住牙突的那些長足，扼止它們的活動方向。

不僅如此，珊琳的雙掌間不知何時又是霧氣橫生。只是這次的白霧不是飛繞出去，而是瞬間又轉淡，取而代之的是珊琳臂上多了翠綠長藤纏繞。

「這裡是繁星市，是百罌守護的地方……牙突，我不准你在這作亂！」珊琳迅雷不及掩耳地甩出綠藤。

與此同時，胡里梨也準備好，出手了。

「還有里梨我呢，我也不准！」粉色嬌小身影凌空躍下，寬大的衣袖飄飄，在夜間有如粉蝶飛閃。

胡里梨的身後黑氣湧動，黑氣轉瞬又化爲凶獸似的大嘴，凶猛程度乍看下竟不輸牙突。

長足皆受到草繩綁束的牙突直覺感到危險，嘴巴冷不防一路向上裂，從齒間飛射紫紅色的舌頭，避開胡里梨的黑影，突然捲上她的腳。

「咦？咦——」胡里梨大驚，整個人來不及反應，就已成了頭下腳上的姿態。

而那紫紅色舌頭猛地加快速度，居然要將胡里梨一把拖進嘴內。

「里梨！」珊琳的綠藤急忙轉向，全速攔截住牙突的舌頭。待一纏上，珊琳神情堅凜，毫不遲疑地加重手勁，翠綠長藤絞緊再猛一拽扯。

「嘶啦」一聲，紫黑色大量液體灑墜，落下的還有胡里梨和依然纏於她腳的紫紅物體。

珊琳連忙再一拍掌，另一塊地區的草葉瘋長，頓時接住了胡里梨下墜的身體。

至於舌頭被撕裂的牙突全身震動，吼聲拔得尖厲，像是耐不了這份突來的劇痛

可是緊接著，珊琳和胡里梨不禁愣住了。她們見到牙突的舌頭又長出來，一會兒後便完好無缺。她們面面相覷，怎樣也沒料到牙突還能自體恢復。

下一秒，珊琳又驚愕地發現，受到牙突紫黑血液噴灑的那塊區域，原先生機蓬勃的綠草就像遭到大火烘烤，成了焦黑。

難、難道說……珊琳心懷不安，立刻屈身拍地。但照理說應該聽她命令的那些焦黑草葉全然失去動靜，毫無反應。

珊琳微抽口氣，小手握成拳。牙突的血就像是一種毒，被淋到的植物等於受到污染，不再聽她使喚。

「珊琳，攻擊就交給里梨我！」胡里梨自然也見到那一幕，「我們倆一定可以打倒它的，不用讓副會長動手。因爲妳是楊家未來山神，而里梨我……是『呑渦』啊！」

胡里梨緊握一下珊琳的手再鬆開，她的身形像支粉紅色的利箭掠閃出去，劃破夜空，再落地時已在牙突身側。

不等牙突行動，她徒手抓住牙突的一條長足，但不是撕開它。相反地，那張白嫩如包子的可愛臉蛋上，浮現不合她外表的一抹猙獰。

「給里梨我記下了，『呑渦』啊……可是比什麼都還要貪心的妖怪啊！」胡里梨身後的黑氣霍然再次凝成凶猛大嘴，它們從她臂下穿過，上下顎皆生利齒。

說時遲、那時快，像是凶獸的黑影硬生生咬住牙突的那條長足，「卡滋卡滋」咬個作響。那條長足消失了，甚至連血也沒有滴濺出分毫，徒留一個切面。簡直就像原本在的東西，突然間平空消失無蹤。

見狀，珊琳不再猶豫地再次操控霧氣，使之籠罩了秋紅池的半側，讓另一側的安萬里無法窺視情況。

萬里大哥說了，牙突交給她們。他相信她們會做好，她們一定會做好！

珊琳的眼神堅毅，不由分說地改換操縱周遭樹木。樹枝飛快生長，像是無數手臂困住牙突，不讓它掙動。

胡里梨不放過機會，身後黑影「卡滋卡滋」咬得越凶、呑得越多。

然而牙突豈可能任憑打壓不還擊，縱使它的長足被困，又遭樹枝壓制，它改而再伸吐出長舌，只不過紫紅色的舌頭不是要攻擊珊琳或胡里梨，而是……

珊琳和胡里梨一見到牙突伸出舌頭，立即警戒。只是她們怎樣也沒想到，一朵宛如結晶凝鑄的花朵也隨之浮現半空。

是鏡之花！

兩名小女孩思及要避開眼已來不及了，她們大睜的眼眸中烙印出那朵結晶之花的影子。

這次不止珊琳，就連胡里梨也感到寒意襲上。因爲胡里梨發現到自己的身子忽然不受控制無法動彈了，還有她的意志開始慢慢渙散，眼中逐漸只剩下那朵美麗又虛幻的花的影子。

白霧之下，牙突正漸漸擺脫箝制，貪婪的唾液溢出了齒間……

第十二章

另一方，秋紅池的另一側，安萬里和古眞霜陷入某種意義上的僵持。

古眞霜並不在意霧氣內的戰鬥結果如何，也沒留心那邊的話語，她不相信那名山精和另一名小妖當眞有辦法打敗牙突。

那可是連六狼蛛都不願硬碰硬的妖怪。

被逼得狂性大發的牙突若是再放出鏡之花，那強大的幻惑之力，連妖怪也會輕易被懾去心神，然後就如同砧板上的魚，只能任人宰割。

只要牙突不死，她就有機會再想辦法奪得鏡之花。但，前提是要先解決這礙事的傢伙！

古眞霜仍維持人形，只除了一雙眼睛散著青光凶性大發地閃動。她的口中或掌間不時疾射出鋒銳如針的髒污絲線，可不論她再怎麼攻擊，那些絲線都是碰了壁，難以如她所願地扎刺過安萬里的身子，抹去他臉上刺眼至極的從容笑意。

只因那名白衣男子只要手持著橘色小書，口中輕唸出一句話，白光聚成的障壁瞬間就會拔地而起，像是面堅固難摧的盾牌，擋下來自古眞霜的一切攻擊。

這般拖耗下來，古眞霜心裡的煩躁和惱怒自是節節攀升，終於來到了臨界點。

「只不過是無名小妖，別想一再阻撓我，我可是活了一百年以上的六狼蛛！」古眞霜憤怒大吼，身上傳來了像是布料撕裂的「嘶啦」聲。但不僅僅是她的一身衣裙碎裂，就連她蒼白的皮膚也迸出條條裂縫。

古眞霜仰高頸，可以看見她的頸部血管明顯湧動、壓縮，一壓一縮，然後她張大嘴，從喉嚨深處爬湧出大量黑影。

不，那不是黑影，而是數也數不清的黑色小蜘蛛！每一隻都是六眼、六足，眼中泛青光。

古眞霜發出近似痛苦的嗚咽聲。

黑蜘蛛越冒越多，像是黑色驟雨般落下，那情景說有多恐怖就有多恐怖。

緊接著，像是再也容納不了體內另一個更巨大的存在，古眞霜的衣物連同皮膚一口氣地撐炸開來，無數小型六狼蛛發狂似地全撲向了安萬里。

「求你將我的罪孽洗除淨盡，並潔除我的罪！（出自《聖經》）」安萬里笑意頓斂，反應飛快，又是一面白光屏障圈圍住他的身邊。倘若他的動作慢上那麼一步，眼下他的身軀就要密密麻麻地被那群六狼蛛爬滿了。

撞上白光之壁的六狼蛛們摔墜於地，可是那層障壁只是阻止了它們，而不是消滅它們。它們仍層層圍聚在結界外，只要安萬里一解開結界，它們就會如黑色潮水般爭先恐後擁上，將他撕咬殆盡，連點血肉也不留下。

這就是六狼蛛和牙突的另一個差異，牙突只會吃盡靈力、靈魂，可六狼蛛盯上的獵物，連骨頭都不會剩下！

「啊啊，原來是這麼回事嗎？」屬於古眞霜又不像是古眞霜的嘶啞女聲傳出，就好像那原本柔美的女聲被砂礫狠狠地磨過一次。

彷彿接收到無形命令，那些本來還試圖想攀爬上白光之壁的六狼蛛紛紛退下，改保持一小段距離，可依然維持著包圍的勢態。

安萬里隔著自己設立的防護結界也仍看得清楚外界景象。

高瘦女孩的身影不再，此時此刻，待在那塊草地上的是隻奇大無比的怪異蜘蛛。她有著六隻覆滿堅硬鋼毛的長足，咧開的嘴像是半月形，裡頭清楚可見銳利的利齒。身上有著六隻突出的青色眼珠，看上去無異是那群小型六狼蛛們的放大版本。

除了體型外，最大的差異則是在她的軀體上，還有著金灰色的紋路橫劃全身，那正是六狼蛛的眞正本體！

「我知道你是什麼了……」恢復原形的古眞霜輕啞地說，句子裡是顯而易見的惡意，「你的眼、你臉上的石片，還有那用結界作爲盾牌的招式……沒想到，我可以親自碰上據說要滅絕的『守鑰』，聽聞你們一族是血脈單傳……小妖，現在就只剩你一人而已了嗎？」

「這可眞是……」安萬里斯文的臉上流露訝色，碧眸也忍不住地微瞇起來，但轉瞬又回復閒淡笑意，「我倒也沒想到，會從他人口中再聽見我族之名，我還以為『守鑰』一詞已罕有人知。」

「呵，我可是百年之妖，要是將我和那些沒用的東西做比較，也未免太看不起我了。我不但知道你是守鑰，還知道一件事。」古眞霜的六隻眼珠不懷好意地轉動，「你該不會以為我不會發現吧？守鑰一族皆擅防守結界，但你一碰上力量更重些的攻擊，就無法同時維持多方結界，甚至還必須借助手上之書，才可以唸出含帶妖力的咒語。這些都再清楚不過地表示，你只是不成氣候的妖。既然這次奪不到鏡之花，那麼就吃了你，作為我來繁星市的收穫吧！」

當古眞霜口中噴吐出粗大絲束之際，那些圍在白光之壁外的小型六狼蛛也一併射出絲線。所有髒污蛛絲簡直像無數利器，全針對著那層障壁而去。

古眞霜心裡篤定，知道在這合力之擊下，勢必能擊破守鑰的結界。對方為了擋下她分身們之前的攻擊，連設立在紅葉公園的白光牢籠也維持不了。

如今的紅葉公園，再也沒有結界環繞。

可是古眞霜不打算急著離開，她要先吃了那名過度自信的守鑰再走！

安萬里的笑意這次眞的隱去，眼見蛛絲就要以雷霆萬鈞之勢突刺向自己的結界，他當機立斷揮手撤去防護，同時手中出現一顆閃爍金光的晶球。

晶球砸向了最為臨近的小型六狼蛛群，當即平空碎裂。

「該死！」古眞霜的得意轉爲驚慌，她豈會不知道那是什麼，那是狐火！

古眞霜馬上自斷絲束，只是她的分身們卻不若她的反應快。那些蛛絲追著退開的白衣身影而去，然後金黃焰火落下，轉眼肆虐開來。

六狼蛛群逃避不及，登時陷入火海。

金色的狐火避開草葉，唯獨燒得那些蜘蛛慘嚎連連，尖銳的喊聲拔得淒厲。但也不過是幾秒鐘的時間，聲音戛然而止。只能從金焰中看見黑色的球形物體被燒得扭曲、萎縮，進而化爲灰燼。

一陣陣焦味飄了出來，在紅葉公園底部漫開。

假使古眞霜還維持人形的姿態，那麼她便會流露出憤怒至猙獰的表情。那些都是她的分身，也等同於是她身上的一部分！

「你這可恨至極的小妖……我要剖開你的肚腹，拉扯出你的腸胃，再將你吃得屍骨不存！」古眞霜黝黑碩大的身軀落下片片黑屑，然而只要再定睛細看，就會發現那些赫然又都是體型比她小一圈的六狼蛛。

隨著六狼蛛像是要淹沒一整塊草地般地出現，古眞霜的身體似乎也比先前再縮小一些。

「掏出腸胃對我來說是血腥了些，我就敬謝不敏了。另外，我不太喜歡被人稱作小妖。安萬里，這是我的名字。」安萬里幾個躍退，改落足於蜿蜒水面的鮮紅鋼橋上。他佇立橋身欄杆，未持書的另一手躺置著另一顆晶球，球裡是燃動的焰火。

他望了一眼將上一批六狼蛛燒得丁點不存的金黃狐火，那些火焰像是將要燒盡，在夜晚中看起來如同幾盞灼灼蓮華，最後終於轉暗。

「可惜只和十炎借了三盞狐火……」安萬里嘆息似地說。

就在古眞霜以爲那名守鑰要故技重施，利用狐火將她新製的分身燒燬，她打定主意要趁機撲襲上紅橋，以鋒銳的足尖刺穿他的時候，那名白衣男子竟將晶球扔向了霧氣環繞之處。

「啪滋」一聲，透明球面裂得粉碎，金色流火席捲而出。

「原來到頭來，你只是個蠢蛋！」古眞霜不明對方此舉何意，不過在她看來，對方就是白白地丟開了最後的保命手段。她忍不住大喜，身子彈躍而起，迅速攀爬在紅色鋼橋上，隨即前肢像鐮刀般大肆劈砍。

令人心驚膽跳的一個聲響，橋身上的拱形鋼架被削砍去一截，砸進水裡，激起一陣水花。抓住安萬里分心躲閃的空隙，古眞霜猛然突進，巨大的蛛足迅雷不及掩耳地接連舞動。

終於一個瞬間，對準安萬里頸項，就要如大刀揮落——

但是，古眞霜預想中的人頭落地場景沒有出現。只差幾公分的距離就能劃開皮膚的前肢尖端，被什麼硬生生擋下了。

古眞霜的六隻眼睛愕然地青光閃滅了下，接擋下自身攻擊的不是他物，竟然就是安萬里一直不離手的橘皮小書。

古眞霜怎樣也沒想到，該是一摧就毀的書本，竟堅硬得超乎想像。

「男女授受不親，古眞霜小姐，妳靠那麼近，我可是有些困擾了。」身處被巨型蛛妖壓制在下的險境，安萬里居然還有辦法心平氣和地微笑，「另外，牙突那邊顯然已經差不多要結束了，我們這邊也趕緊速戰速決如何？」

古眞霜內心一震，眼珠飛快轉動，投望向秋紅池的另一側。

霧氣受到金色狐火的衝擊而消散了大半，可以清楚瞧見那方的景象。

安萬里那時投出的狐火，不只是打散霧氣，還及時燒灼了半空中的鏡之花。火焰包圍住那朵如結晶鑄成的花朵，中斷了幻術。

珊琳和胡里梨一個激靈回過神的同時間，牙突也像遭到烈焰焚身般發出慘嚎。它所有長足猛力收回，全都改了方向，想要從金焰中搶回鏡之花。然而那熾熱的高溫，卻是接連將逼近的長足燒盡。

「鏡之花！」古眞霜身形驟變，龐大體型瞬間縮小，轉眼回復成人形，只是背後仍留有六足，臉上還也有六眼醜陋突出。她放開對安萬里的壓制，立即要衝身掠出。

「我說了，我有話要問妳。」

一隻大掌猝然抓住古眞霜的手腕。

煩死人的傢伙！古眞霜沒心情再和對方耗下去，她確實想吃了他，但如今可能奪得鏡之花的機會就在眼前，她當然說什麼也不願放過。

鏡之花再怎麼說都是牙突的……狐火斷不可能輕易就將之燒燬。

沒有猶豫，古眞霜臂下突出成排尖刺，頓時扎穿了安萬里的手掌，鮮血汩汩流下。

「你當眞以爲自己有本事跟我耗嗎？」古眞霜嘴角猙獰，一抽回手臂，指尖再射出蛛絲，竟是捲走安萬里另一手的橘皮小書，「沒了它，我看你還能再有什麼能耐！」

全身覆滿蛛絲的女性身軀躍上紅橋欄杆，旋即蹬足再衝出，那本橘皮小書同時被丟墜至池裡，轉眼沉得不見蹤影。

古眞霜打算趁狐火威力一減，就趁隙搶奪鏡之花。只不過她萬萬沒預料到，在這空曠的紅葉公園內，竟會冷不防地再殺出一個程咬金！

「有句話叫螳螂捕蟬，黃雀在後……雖然這次捕的是蜘蛛了！」

一道金艷色彩橫空掃出，迅雷不及掩耳地擋在受狐火燒灼的鏡之花前。

古眞霜煞住身勢不及，指尖方碰到那抹金，頓如烈火燒身，疼得她尖聲嘶喊。

下一秒，一個重擊力道砸撞上古眞霜。

古眞霜只覺這次疼得連聲音也發不出，整個人登時自高空處跌墜入秋紅池裡。在跌入水池的前一瞬間，她看得分明，那竟是一名手持巨大毛筆的娃娃臉男孩，前額有著肖似第三隻眼的金色花紋。

古眞霜簡直不敢置信。那味道……那是神使的味道！爲什麼神使會出現在這裡!?

沉重的嘩啦水聲淹蓋過了一切。

「維安！」

「維安大人！」

相較於古眞霜被池水吞噬前的驚愕，胡里梨和珊琳一見來人是又驚又喜，但她們也沒忘記正事，柯維安的出現有如給她們打了一記強心針。

「珊琳，鏡之花交給里梨我！」胡里梨雙手飛快闔起，背後黑氣生動，緊接著那黑氣就像漲大的生物，獨眼、大嘴，靈蛇似地飛竄高衝。頓見它嘴一張，連著未盡的金焰將鏡之花一口全吞了下。

當鏡之花消失在那黑色生物口中，牙突像驟失氣力，吼聲減弱，長足也陸續砸落，癱軟在草地上。

雖然不知道原因，珊琳卻也不會放過這絕佳機會。她的十指飛速做了幾個手勢，草葉、樹枝再度暴長，交錯成個堅固大牢籠，將牙突封鎖在裡面。

「最後一擊就交給我吧！」柯維安擺好架勢，毛筆筆尖是濃艷金墨熠熠發亮。只要一個高舉揮下，就能揮灑出對於妖怪來說足以致命的攻擊。

「維安大人，不行！」珊琳想起牙突的血會污染大地之事，連忙喊住，「那血，有毒！」

「咦？」柯維安硬生生收住毛筆，睜圓眼睛看看虛弱的牙突，再看看自己的武器，這下有些不知所措了。

「維安，你這筆要是劃出去，帝君大人知道後恐怕要折了你的筆。」安萬里不知何時走了過來，他單手揹後，一手忽地往秋紅池面一抓握，一抹人影登時被拽扯出，濕漉漉地跌於草地。

竟是先前落水的古眞霜。

「我知道六狼蛛都是善水性的，妳躲著不出來，我只好抓妳出來。」安萬里溫聲說道，像是一點也不在意自己一手血跡斑斑。

古眞霜的六隻眼珠淨是怨毒的光芒，她恨恨地瞪視向安萬里和柯維安。她本想藏伏水中，卻讓守鑰小妖拉了出來。還有那名鳥巢頭小鬼，若不是他，自己早就搶得鏡之花了！

「神使竟會和妖怪爲伍……簡直就是天大的笑話！」古眞霜收緊手指，自知現在處於被四人包圍的情況下，暫時難以輕舉妄動。

「哎？有什麼好笑的？」胡里梨哼了聲，身後黑氣似蠢蠢欲動，巴不得吞了面前的六狼蛛本體，「維安可是我們神使公會的一分子！」

「神使……神使公會？不可能！神使是我們妖族的敵人！」古眞霜尖聲喊，像是這樣就能掩飾她心中的震撼。

「爲什麼不可能？並不是眾妖皆食人，也有喜愛人類的妖怪存在，例如我等。不過，這不是我們現在要討論的事。維安，先給眞霜小姐下一個禁制。」安萬里交代。

「啊，好。」柯維安立即毛筆往地面一揮，一個圓圈形成，剛好就落在古眞霜腳下。

古眞霜發現自己動彈不得了，雙腳無法移動。

「如今鏡之花已毀，妳想獲得的東西已無，妳可願意乖乖吐露實話？」安萬里平和地問。

「呵，你作夢去吧。」古眞霜冷笑，唇中竟溢出笑聲，「與神使爲伍的妖非我族類，你以爲我會說嗎？你們毀了鏡之花，牙突便註定命不長，我看你們怎麼處置它將帶來的災難！」

「災難？等一下，什麼災難？狐狸眼的你叫我來可沒有說啊！」柯維安大驚，連平時壓在心裡喊的稱呼也不自覺地脫口而出。

「稍安勿躁。」安萬里伸手攔在柯維安身前。除了衣衫破損，一手紅血滲染，他沉靜的氣質竟像是仙人——即使他是一名妖，「眞霜小姐指的是牙突的元核已毀吧，鏡之花只不過是牙突元核的一種別稱，這點事我還是知道的。當然，還有它的屍體會產生毒素、污染土地，使之百年寸草不生，這事我也是知道的。」

但我完全不知道啊！柯維安差點要驚恐地喊出來。

屍體污染土地，那不就是說殺不得了？可是牙突的元核已經沒了，不殺它還是會死，只是早死晚死的差別……柯維安忍不住想抓亂自己的一頭鬈髮。怪不得安萬里會說他那筆劃下，師父一定折了他的筆。

紅葉公園再怎麼說也是用他們人民稅金蓋出來的！

柯維安連忙甩頭，不讓自己跑題。安萬里既然安排他在剛才那時機出現，一定有他的想法。他不可能毫無計畫，要知道，他可是比老大更像狐狸的副會長。

柯維安突地一個靈光乍閃，大力扭頭看向胡里梨，「里梨……對了，有里梨在嘛！」

「是？里梨我在。」胡里梨眨巴著眼回望。

「不錯，維安，你腦子越轉越快了。」安萬里眼露讚賞之意，接著又說：「里梨，牙突妳想吃嗎？」

什……吃……古眞霜瞠大六隻眼，幾乎不敢相信自己聽見什麼。牙突身懷劇毒，不管是再怎麼貪吃的妖怪也不可能將它視爲食物。只是接下來發生在她面前的場景，更令她無法置信。

「好啊好啊，就交給里梨我吧！」胡里梨笑開一張小臉，身後黑氣瞬消。她張開雙臂，倏地往上舉高，一個漆黑的漩渦瞬間平空浮現於她的胸前。

那漩渦快速轉動、深不見底，裡頭沒有半點光亮，就像是一團最深闃的黑暗。

古眞霜不知那是什麼，但寒意像冰涼的蛇竄爬上她的背。因爲她瞧見那漩渦來到牙突身

前，然後越擴越大、越擴越大……待和牙突等身大時，黑色漩渦猛地將牙突吞吃進去。牙突的身影消失於黑暗內，草地上什麼也沒有留下。

只不過幾個眨眼時間，漩渦回復到原本大小，進而消隱不見。

胡里梨摸摸肚子，打了個小嗝。

不若古眞霜是看得滿臉驚懼，珊琳是單純看得呆了。

「好……好厲害！里梨妳把牙突吃下去了？」珊琳驚呼連連。

「它變弱了，才吃得下去。怎樣，里梨我沒有騙人吧？我可是很厲害的。」胡里梨得意地挺起胸膛、雙手抱胸，下巴還格外揚得高高的，「因爲我是『吞渦』嘛！」

吞渦……吞渦！古眞霜的身子不禁一震，連帶尖銳地倒抽一口冷氣。她連守鑰都知曉，又怎麼可能不曾耳聞過吞渦之名？

「這小鬼是四大族之一的吞渦……不可能！胡說！」古眞霜亂了方寸，她要是事先知悉，就絕不會如此草率行動。

她已是百年之妖，又生存於人世間，自是知道狩妖士有三大家；而他們妖怪亦有所謂的四大族，吞渦便是其中之一。

吞渦是具備空間之力的妖怪，能夠創造屬於自己的空間，將任何事物吞噬進去。力量越大者，甚至就連整座山頭也能納入其中。但是此族行蹤罕見，近幾十年都未曾再耳聞相關消息，誰知道……竟有一名呑渦就在繁星市！

再加上那提供狐火的不知名妖狐，此處居然有四大族的兩族之民。

「妳有妳的計畫，眞霜小姐，雖然現在證明那眞是一場糊塗。但我會追尋至此，也表示我有我的計畫。」像是沒看見古眞霜扭曲的臉，安萬里微笑，「我不擅攻擊，只專防守。既然妳知我是守鑰，想必這事妳也知道的。所以妳覺得，我會不做任何預防手段嗎？我除了向摯友借了狐火外，也早已吩附過維安，就是將妳封住的這位神使，一接到我的訊號就即刻出手。」

「不對！我根本就沒見你發任何訊號！」古眞霜怒吼。

「不用發什麼訊號吧？只要這個按一下就很方便了啊。」柯維安掏出手機晃了晃。怪不得那時在宿舍寢室裡，安萬里會要他手機不離身，「我早就守在紅葉公園外了，只是在等著吩咐……唔啊，要是小白知道這次只有我行動，他一定會氣死的！」

柯維安像是想到什麼，一張娃娃臉皺了起來，「他一定會氣我獨自前來，太不安全也太危險。糟了糟了，這不表示我得要趕緊回去安撫人家的甜心？」

「雖然我覺得小白學弟會生氣的理由完全是另一種。不過，我會要你來，也是要麻煩你先負責帶里梨和珊琳回去，我相信百罌學妹他們也快到銀光大樓了。」安萬里說。

「百罌！我……我要趕快回去向百罌道歉……」一聽到楊百罌的名字，珊琳緊張又有絲焦急地絞著衣角，「維安大人……」

「保護蘿莉，我當然是使命必達！可是留你一個人在這，眞的沒問題吧？」柯維安明白自己是多慮了，但還是忍不住確認地向安萬里問道。

「放心，我只是要問眞霜小姐一些問題。問完了，自然也就回去。」安萬里淡淡一笑，眼角跟著微瞇。

就是那笑容，讓柯維安下定決心地點點頭。任手上的毛筆散化爲金點，飛鑽進背後的大包包裡，他攬著胡里梨和珊琳的肩頭，帶著她們離開這地方。

銀光大樓還有人在等著他們回去。

隨著那一大兩小的身影遠去，古眞霜則是暗自心喜，狠狠地在心底嘲笑了安萬里的愚蠢舉動。

沒了神使、山精，甚至是香渦的助陣，憑他一個小小的守鑰，眞以爲能奈她何？

「剛剛一直有人打擾，現在，妳可願意回答我的問題了？」安萬里的態度誠懇溫和，像是在同友人說話，而不是審問敵人，「眞霜小姐，妳爲何要奪鏡之花？六狼蛛和牙突向來是井水不犯河水……但就我所知，牙突的元核、也就是鏡之花，有著一項獨特的功能，只要在心中默想問題，再將鏡之花擊碎，就能得到解答或相關指示。我猜想，妳意圖得到鏡之花，是不是這原因？」

「你……是又如何，不是又如何？」古眞霜微驚，沒想到對方連鏡之花的祕密也知道。可她表面盡力不動聲色，一手不著痕跡地往後移。她要設法掙取時間，時間拖得越長，就對她越有利。

「通常這種回答，就是沒錯了。」安萬里還是笑吟吟的，「那麼能否告訴我，妳想知道答案的問題是什麼嗎？」

「呵……」古眞霜不明顯地動了下手指，感覺身上的禁錮之力正在減退。果然如她預想，那名神使一離開，他施下的禁制也會變弱。再過不久，想必就會自行消失。她臉上的青碧眼珠隱沒，回復成女孩清秀的面貌，從唇中溢出的笑聲柔美，「你眞的那麼想知道？我想問的是……」

古眞霜說了些什麼，但語句太過含糊。安萬里下意識蹲下身，朝古眞霜的方向傾靠。

古眞霜眼中毒辣之光瞬閃，就是現在！

那幾乎是轉瞬間的事，她胸前傳出異響，六隻堅硬鋒銳的蛛足居然從她撕裂開的胸腔內突出，直接就往安萬里心口包夾刺下。

對方絕對不可能來得及反應過來的！古眞霜篤定，青眼中燃動著興奮與狠毒。

然而下一秒，她眼中的這兩種情緒皆被擊碎。

她的突襲……被擋下了？

古眞霜震驚不已，當下似乎只能呆然地瞪視橫阻在她與安萬里之間的白光之壁。

「這不……」古眞霜喃喃地說，隨後聲音無法自已地拔得尖銳，「不可能！你分明沒有書，你分明連開口也沒有！爲什麼……還能製造出結界！」

「如果我說，我只是喜歡拿著書，只是喜歡引用一些句子呢？人類的文學眞的眞的是非常美好的事物。」安萬里輕輕再一揮手，以他和古眞霜的所在地爲中心，淡白色的光壁在他們的前後左右連立起，接著是上與下。

他們兩人可說是被包裹在一個獨立的空間內。

「六狼蛛確實是狡猾的生物，但妳知道怎樣嗎，眞霜小姐？我呢，可是比妳更加狡猾。」安萬里的唇邊再綻溫煦笑意，他直立起身體，緩步往後退，直到他脫離結界之外。「如果我剛不解除紅葉公園的結界，維安不就進不來了，是吧？」

「你……原來那是你故意耍的小手段！」古眞霜立即撲衝上去，但白光之壁結結實實地擋下她，任憑她如何凝聚妖力擊打，仍是文風不動，「你竟敢把我關在裡面？好……你這樣做，就更別想知道答案，我看你能關我多久！」

古眞霜怒極反笑，「就算你不需要媒介就能施展結界又如何？別以爲我不知道守鑰的結界，唯有對特定的『唯一』才有辦法發揮無堅不摧的效力。對於其他妖怪，只要妖力和修行勝過你，一樣可以破你結界。我可是已活……」

「百年是嗎？」安萬里語氣平和地接下，「那麼，妳覺得在已存於世上逾七百年之久的我的眼中，這數字，會很可怕嗎？」

古眞霜呆住，頭頂像被澆淋一盆冰水，冷得她四肢都要沒了溫度。

那守鑰說了什麼？七百……他說他已年逾七百……一百和七百，這中間的差距簡直大得令人毛骨悚然。

古眞霜的臉終於因駭恐扭曲了，她不可能破得了這結界，對方可是七百年的大妖！

緊接著，古眞霜恐懼地發現四周的白光之壁正往內縮，就連頭頂上的那片障壁也在往下壓縮。她不是傻子，不會不知道這結界縮小到最後，被困在裡邊的自己會有什麼下場。

「住手、住手，求求你大人有大量，高抬貴手放過我！」古眞霜驚惶不已地緊貼著一面光壁尖叫，「我說！我什麼都說了！」

白光之壁剎那間停下擠壓的動作。

「妖狐族……西方山脈的妖狐族……」像是怕安萬里改變心意，古眞霜慌張地將心中的祕密一股腦全喊了出來，「我想知道西方山脈妖狐族部落的眞正位置！妖怪們最近都在傳聞，那裡有『唯一』遺留下的碎片……只要得到碎片，就可以獲得更強的力量，用不著再苦苦修行百年，所以我才想獲得鏡之花……我說眞的！」

安萬里溫文的臉龐流露一絲錯愕，顯然他根本沒預料到會是這個答案。「那麼，這傳聞是從誰那傳出來的？」

「不知道，我不知道……大夥私下在傳，我不知道是誰最先……不、不要！」古眞霜看見結界再度往內閉攏，她大駭，歇斯底里地尖喊，「我是眞的不知道！但我是從一個奇怪的妖怪那聽來的，我不曉得他是什麼種族！他像裹著黑斗篷、臉孔一團混沌，看不清楚，可他的眼睛是紅色的！他有一雙紅得像血的眼睛——」

白光之壁再次停止運作。

古眞霜猛烈喘著氣，冷汗淋漓，結界內的空間剛好小得只夠她一人站著。

「……我相信妳了。」安萬里思索一會，然後鄭重地說道。

古眞霜幾乎要虛脫地滑坐下來，她的臉上露出劫後餘生的喜悅笑容，可是那笑容轉眼間又成了滿臉恐懼。

白光之壁停止運作只不過維持短短時間，它的前後左右還有上方，仍緩慢且持續壓縮。

「我說了，我眞的全說了！你不是說相信我了嗎！」古眞霜的身子被迫貼攏成詭異的形狀，她淒厲地嘶喊。

安萬里摘下細框眼鏡，碧綠的眼珠還是那麼溫和眞誠，「我相信妳了，但這跟我不會留下妳，是兩回事。」

隨著這道含帶溫柔笑意的話聲落下，又一層白光之壁覆在原先結界的外邊，阻擋了六狼蛛連綿不絕的瀕死慘叫。

當安萬里重新戴回眼鏡，他一身白袍也化為格紋襯衫與長褲，只有碧綠的眼珠和臉上石片殘留了妖化的證據。

安萬里只是再一抬手，雙層結界同時消除。而還未等模糊難辨的血肉砸墜草地，一道金黃流火霎時捲過，登時將之燒得精光。

安萬里沒有洩露一絲訝異之色，他早感覺對方的存在。

「摯友？呸，老傢伙，誰跟你是這關係了？」童稚但又含帶獨特威嚴的話聲一出，一抹矮小的身影也從黑暗中逐漸顯現。

來人一身藍衫，眼瞳金耀、頭頂狐耳，身後是六條奢華的黑色狐尾，正是六尾妖狐胡十炎。

「你還是老樣子心狠手辣。」胡十炎狀似隨意地握住手，空中的狐火頓消。

「說得我像壞人一樣呢，十炎。」安萬里不以為意地微微一笑，「若是你，六狼蛛你不除嗎？」

「哼，笑話。敢欺負我的員工和未來員工的傢伙，別想完好地待在繁星市。」胡十炎單手揹後，這姿勢由個子矮小的他做來，卻自有氣勢。

「那麼，你也都聽見了嗎？」安萬里微斂著眼問。

「聽那敘述，分明是瘴異。」胡十炎的神情冷下，「而你還眞有自信，就篤定牙突和六狼蛛引不來瘴或瘴異嗎？」

「不是我有自信，而是這兩妖皆貪生怕死。它們不夠狠不夠絕，比起想要的東西，它們寧可先藏起，保存了性命。有時候相較之下，竟是人類的執著欲望還比較可怕。」安萬里輕聲地說，想到了駱依瑾，想到了葉璃蓉還有白曉湘。

「那我還寧願大多的妖是這類之輩。」胡十炎冷冷地哼笑一聲，「免得增加我的煩惱。妖怪間的傳聞……看來是我們的消息慢了，我都還不知道已開始出現這等荒謬的傳聞。但竟然連瘴異也攪和其中，瘴是遵從欲望行事的生物，如今連這種費工夫的事也做得出來，就表示它們定有某種意圖。」

「……恐怕，瘴異和『那位』已脫不了關係。」

「和……蒼淚。」

那名字就像是誰也不願碰，當胡十炎吐出後，他和安萬里都陷入了沉默。

一會兒後，胡十炎又開口，「你這次不讓其他人插手這事，和牙突的那份特性多少有關吧？污染……我也不是眞的要聽你回答，反正我早有底，否則我何必看著不出手？」

「十炎。」安萬里說，「傳聞的事，你如何看？」

「如何看？既然有人敢打我部落的主意，我當然也不會袖手不管。」胡十炎露出了笑，卻無半分稚氣，有的只是深沉和危險，「反正齊世遺一直想為他的蠢兒子犯下的事登門道歉，就乾脆回去一趟，探看究竟。」

而也就是這麼一句話，西方山脈之行，拍板定案！

尾聲

柯維安帶著珊琳和胡里梨趕回銀光大樓，幾乎前腳一踏進，後腳就換一刻和楊百罌趕到。

「珊琳！」有著艷麗美貌的褐髮女孩一瞧見珊琳的身影，當即不管也不顧，立刻衝上前，將對方緊緊抱住，「珊琳、珊琳、珊琳……」

那壓低的呢喃聲，聽起來竟接近哽咽。

感受著楊百罌身上傳來的體溫，珊琳眼眶一紅。她用力眨去差點溢出的淚水，和楊百罌拉開了距離，但小手仍是緊握對方的不放。

「百罌，對不起……對不起、對不起、對不起……」珊琳只知道自己一定要道歉。隨著她不停地說，她的眼淚終究還是不受控制地落下，「讓妳擔心了，對不起……不要不理我，我只是想幫妳的忙……我……」

「不是珊琳的錯，是里梨我拉著珊琳亂跑的！」胡里梨連忙跑上前，緊張地大聲說，就像怕珊琳會因自己受到責備。

楊百罌一愣，抬頭看向另一名只見過一面的桃髮小女孩，對方也是淚眼汪汪。

「我怎麼可能不理珊琳，我……」楊百罌臉上有絲茫然和安心——茫然，是不懂珊琳怎麼會得出這結論；安心，是珊琳終於安然無事地站在自己眼前。

「可是，百罌不是不要我幫忙了嗎？」珊琳小小聲地說：「大家都在忙來忙去，但不讓我一起幫……」

楊百罌大睜著眼，猛然間意會過來珊琳指的是什麼事。

「那不是……」楊百罌深吸口氣，費了好大的勁才慢慢吐出話。她得好好地解釋才行，驚不驚喜已經不重要了，重要的是讓珊琳安心才行。「今天的餅乾……是想做給妳的，才不要妳幫忙。」

「咦？我？」珊琳一呆，想也不想地脫口問道：「不是小白大人？」

「什……不、不是，才不是！」楊百罌登時漲紅一張美麗的臉蛋，反應過大地急急反駁，「我沒事為什麼要、要送餅乾給他？」

話一出口，楊家的現任家主就巴不得咬掉自己的舌頭。她的雙頰像火在燒，偷偷瞄了一眼身後，白髮男孩一臉的莫名，像是不知道發生了什麼事。而他身邊的柯維安，則是竊笑地用手肘推推他，雖然立刻就換來腦袋被巴一記的下場。

楊百罌凌厲地瞪了那名娃娃臉男孩一眼，待見到珊琳似乎又有疑問，她急忙豁出去地說道：「是慶祝會！我們大家……想替珊琳妳辦一個慶祝會，因為……」

楊百罌發現接下來的話並沒有想像中地難說出口，她放輕了聲音，慢慢地再說，「妳已經是我們的家人，我們想給妳一個驚喜，卻沒想到弄巧成……」

「沒有成拙，眞的沒有成拙！」不待楊百罌說完，珊琳已一把撲抱上去，她又哭又笑地喊：「我好高興！百罌，我本來還以爲……」珊琳突然又像想起什麼，飛快地抬起頭，棕眸滿是冀望，「那我也可以邀里梨來嗎？里梨是朋友！」

楊百罌望著兩張同樣興奮期待的小臉，她笑了。沒有外人總看到的傲慢、疏離，而是眞心的一抹微笑。

「當然可以。」

「好棒！」

「里梨我一定會準備禮物的！」

珊琳和胡里梨開心地握住彼此的手。

「小白，你有沒有覺得眼前這幕，眞像令人感覺到了天國？」柯維安幸福地感嘆，手抓住一刻的手臂，頭跟著就要靠上去，然後迎來了今晚的第二掌搧擊。

「別以爲可以趁機唬爛過去，你要是沒交代你爲何會帶著她們出現，你就準備上天國吧，實際意義上的。」一刻咧開陰森森的獰笑。

「小白甜心，你這是在替人家擔心嗎？」柯維安雙手交握，大眼放光，「你放心好了，人家的心絕對是你……呃，用這招糊弄也沒辦法了嗎？」

「你、說、呢？」一刻的笑容更加猙獰，雙手十指折得卡卡作響。

就在柯維安深感大事不妙，阻止他被他「甜心」揍成豬頭的，是一陣突來的響亮腳步聲。

喀噠喀噠，鞋跟叩著地板的聲音從大廳內傳來。

「晚上還特地跑來這，怎麼，是等不及要先看自己的工作環境了嗎？」當腳步聲一停下，一道低啞的女聲也隨之砸落。

從大廳內部走出的，是名身著休閒褲裝的高挑女性。皮膚深褐，長髮高束成馬尾，髮絲末端挑染著金艷，一雙鳳眼似笑非笑，嘴角是掛著如同肉食生物的凶猛笑容。

「帝君！」胡里梨一見到張亞紫，馬上拉著珊琳欣喜地跑上前，語帶驕傲地挺起胸膛，「帝君妳看，這是珊琳，里梨我的朋友喔！」

「楊家的小山精嗎？」張亞紫的笑容轉為溫和，笑看著珊琳害羞又侷促地朝自己低頭行禮，「妳資質很好，成為楊家正式山神的時刻倒不會太遠。至於你們幾個毛頭小鬼……」

張亞紫目光一掃向一刻等人，瞬間變得犀利。

「底下的人來跟我通報，你們一群人都跑來，真的是那麼迫不及待來看工作環境嗎？」

「師父，妳就別開我們玩笑了，老大和副會長一定有跟妳說了吧？」柯維安揮揮手，才不信他這位通曉各方情報的師父大人會不知道發生什麼事。而緊接著，他就發現身邊的同伴異常安靜，「小白，怎麼了嗎？」

「工作環境……」一刻慢慢擠出聲音。接連兩次，他可是夠肯定自己沒聽錯了，「工作環境是什麼意思？」

「我不懂帝君大人妳是何意，但我並未要在這裡工作。」楊百罌也收起先前外露的情緒，嬌顏面無表情，只有微蹙的眉宇洩露端倪。

「維安小子，莫非你沒跟他們說嗎？」張亞紫好整以暇地雙臂環胸，無視自己徒弟拚命打的手勢，「爲師還以爲他們都知情了。關於你們上回來銀光大樓，在胡十炎的情報系統輸入資料，就等於是自動加入公會這事？」

張亞紫這話是說得雲淡風輕，但聽在他人耳中卻是如平地一聲雷響起。

「什……」楊百罌掛不住冷然的面具，愕然地張大眼。

「柯維安！」一刻毫不猶豫地一把抓住想偷溜的娃娃臉男孩，惡狠狠地盯著對方，眼刀子像要在那張臉上刺出一個洞，「這他媽的是怎麼回事！」

「呃……就是小白、班代還有曲九江，現在都是我同事的意思？」柯維安撓著頭，狀似無辜地傻笑著。

一刻頓時惱火。他是想加入公會沒錯，但靠杯的不是這種莫名其妙被人賣的方式！

似乎察覺到自己的好室友眼中像要噴出火，隨時有可能錯手掐死自己，柯維安趕緊慌張地拉高音量，「等等等一下！不是我的主意，是老大！是老大要我這麼做的，所以我眞的不是凶手啊小白！」

「但你也算得上幫凶了，徒弟。」張亞紫低笑。

師父，妳非得要在這時候火上加油嗎！柯維安簡直想慘號了，萬一這事讓他另一個難相處的室友知道，他鐵定會被扒掉一層皮不可，而他家小白這次絕對不會幫忙阻止的。

上天似乎破天荒聽見了柯維安的內心求助，一道童稚的男聲霍然插入。

「是我的主意，怎樣，有意見嗎？」黑髮金眸的小男孩雙手揹後地從大樓外走進，他身後是文質彬彬的眼鏡男子，「有意見大可以說，不過我會直接當成在放屁。」

要不是時間、場合不允許，柯維安眞想替胡十炎鼓個掌。不愧是他們公會的老大，有夠流氓啊！

一刻愣了愣，卻不是因爲胡十炎一番獨斷獨行的發言，而是……他下意識看向楊百罌，顯然對方也反應過來了，眼裡是和他相同的錯愕。

工作環境指的是銀光大樓……工作是指加入公會要做的事……難道說……

「這裡就是……」一刻乾巴巴地說，話裡帶著不敢置信。

「哎？現在才發覺嗎？」胡十炎笑得天眞無邪。

「別欺負人家小朋友了，十炎。」安萬里輕推眼鏡，「里梨，解開遮蔽的結界。」

「沒問題！」胡里梨興高采烈地回應道，她雙手舉高，胸前生成漩渦，背後是黑氣湧動。

剎那間，漩渦像是一口氣漲至最大，黑氣也像萬蛇攢動地攀爬向大樓各處。

第一次見到這場景的一刻、楊百罌和珊琳都怔住了。他們看見大樓內景色正在變化，原先看似陳舊的牆壁刷上一層金屬灰，內部空間也猛地擴展拓大，遠遠超乎外頭所見的容納量。

同時間，人聲和腳步聲出現。前一秒壓根不曾見到的身影，就像平空存在於此。

只不過是短短時間，一刻等人就像身處於另一個空間，他們驚愕地環視這個磅礴新穎的大廳，陌生的眾人正忙碌地快步穿梭。

他們有的明顯非人，但見到張亞紫、胡十炎和安萬里，皆會恭敬地點個頭或彎身行禮。

不知何時，張亞紫、胡十炎、安萬里也已回復眞身樣貌。

長髮近地、裙飾像諸多長布垂落的褐膚女子；狐耳金眸、身後是六條狐尾的小男孩；還有一身月白長袍、碧綠眼珠、半邊臉覆石片的溫文男子。

張亞紫鳳眼挑揚，一手橫扠腰間，唇露凶猛笑容，身姿威凜。

她說，擁有「文昌帝君」尊稱的她如此說：

「好了，小鬼們，歡迎加入神使公會。」

「歡迎來到——『我們』的世界。」

〈鏡之花與池之底〉完

神使繪卷の小劇場！

柯維安
小白白白白～～～親愛的請借我……哈、哈啾！哈啾！

小白
你感冒了真是活該，搞不懂你是怎麼睡的，每次看見被子都被你踢得遠遠。

柯維安
才不是我故意踢的，是棉被不愛我……

小白
……那你就想辦法增加你的吸引力！

後記

字鬼事件至此是眞正告一段落了。

在前一集所提到的扭曲的愛以及扭曲的眞相，其實關鍵都繫在白曉湘身上。看似直爽、大剌剌的她，內心卻有著難以想像的陰暗面。雖然沒有點得很明白，但在最開始，白曉湘告訴楊百罌的那句話就已說明了一切——爲了喜歡的人，她願意做任何事。

而對她來說，所謂的「任何事」可以不用去計較善惡，或者在乎他人是否會受傷害。對齊翔宇的太過在乎、對其他女孩子的暗中嫉妒，終於引來了瘴，造成這些事的發生。也因爲她的執著太過偏激，所以爲了確保安全，張亞紫才會親自出手，抹去她的部分記憶。

在字鬼事件中，改變最大的就是秋冬語了。

總是像人偶缺少情緒起伏的秋冬語，因爲認識了蔚可可，因爲不願意見到對方爲了自己受更多傷害，第一次眞正感受到憤怒。雖然她還是不了解自己的身分是什麼，不過在身邊許多人的陪伴下，她將會漸漸找到答案，以及像一般人一樣擁有更多的情感。

前面的話題似乎有些沉重，所以接下來說點輕鬆的吧～

第四集的新事件重點，一言以蔽之就是——蘿莉、蘿莉、蘿莉！（誤）

由於前半的劇情偏嚴肅，所以後半就讓曾在第三集中露臉一次的胡里梨正式登場。寫她和珊琳冒險的時候，是忍不住一邊小花朵朵開的。兩隻小蘿莉湊在一起果然是各種治癒啊，就連夜風大也說本回是蘿莉回XDDD

不知道大家有沒有被本集的兩隻小蘿莉萌到呢？

最後，照慣例的關鍵字預告又來了～

暑假到來、搬家、突如其來的西方山脈之旅！

一刻等人的生活又要再起風波了！

醉琉璃

【下集預告】

前往西方山脈妖狐族部落！
只要獲得「唯一」的碎片，
就可以獲得更強的力量……
妖怪間傳得沸沸揚揚的流言，是眞實抑或荒謬？
爲了獲知眞相，
一刻與神使公會的夥伴即將前往西山！

卷五．西山妖狐與岩蘿之鄉
2014國際書展火熱推出！

國家圖書館出版品預行編目資料

神使繪卷. 卷四,鏡之花與池之底 / 醉琉璃 著.
——初版. ——台北市：魔豆文化出版：蓋亞文化
發行，2013.12
面； 公分.（Fresh；FS053）
ISBN 978-986-5987-34-3
857.7 102019923

作者 / 醉琉璃
插畫 / 夜風　封面設計 / 克里斯
出版社 / 魔豆文化有限公司
地址◎ 台北市103赤峰街41巷7號1樓
電話◎（02）25585438　傳真◎（02）25585439
部落格◎ gaeabooks.pixnet.net/blog
臉書◎ www.facebook.com/Gaeabooks
電子信箱◎ gaea@gaeabooks.com.tw
投稿信箱◎ editor@gaeabooks.com.tw
郵撥帳號◎ 19769541　戶名：蓋亞文化有限公司
發行 / 蓋亞文化有限公司
法律顧問 / 宇達經貿法律事務所
總經銷 / 聯合發行股份有限公司
地址◎ 新北市新店區寶橋路二三五巷六弄六號二樓
電話◎（02）29178022　傳真◎（02）29156275
港澳地區 / 一代匯集
地址◎ 九龍旺角塘尾道64號龍駒企業大廈10樓B&D室
電話◎（852）2783-8102　傳真◎（852）2396-0050
初版三刷 / 2018年1月
定價 / 新台幣 220 元
Printed in Taiwan

ISBN / 978-986-5987-34-3

魔豆

魔豆